JN078070

君にさよならを告げたとき、愛してると思った。

小桜菜々
Nana Kozakura

イラスト／wacca

装丁／北國ヤヨイ

好きな人に好きになってもらうことができたなら、どんなに幸せだろう。

どんなに、幸せで満ち溢れた世界なのだろう。

そんな日がくることを夢見ていたのはいつまでだったかな。

私にそんな日々が訪れることはないのかもしれないと、

いつからそう思うようになってしまったのかな。

諦めかけてしまっても仕方ないほど、

私の恋愛はうまくいかないことばかりだった。

恋がしたいという思いはきっと人一倍強かったのに、

誰のことも心から好きにはなれなくて。

初めて本気で好きになった人とは、結ばれることのないまま終わってしまった。

みんなができていることを、どうして私はできないのだろう。

ただ出会いと別れを繰り返し、〝経験〟だけが増えていく。

それがいったいなんになるというのだろう。

今の私に残っているものは、

〝恋愛なんてこりごりだ〟というマイナスな感情だけだった。

目次

第一章

真っ直ぐな目をした人

「俺と一緒に音楽やらない？」

テーブルにマイクを置いた私にそう言ったのは、名前すら知らない男の子だった。

大学に入って三度目の春。高校時代からの友人で、同じ文学部でもある彩乃（あやの）に誘われて参加した、軽音サークルの飲み会。

といっても私はサークルメンバーではなく、女の子が少ないからとかなり強引に連れてこられたのだけれど。確かに、参加者はざっと三十人を超えているというのに、私と彩乃以外に女の子は数える程度しかいないようだった。

一軒目は大学の近くでボーリングをして、二軒目は名古屋（なごや）一の繁華街である錦（にしき）三丁目の居酒屋でお喋（しゃべ）りをして、今ここにいるカラオケは三軒目。移動する度に少しずつ人数は減っていったけれど、それでもまだ十人以上は残っている。

トータルで六時間ほど一緒にいるというのに、私は彼の名前を知らなかった。いや、飲み会が始まった時に自己紹介をしたから、正確に言えば知らなかったのではなく覚えていなかった。

なぜなら彼は、私たち女性陣（じん）を楽しませようと明るく社交的に振る舞う男性陣とは違い、周囲にまるで興味がなさそうに、特定の男の子たち数人としか話していなかったから。

もしかすると彼もサークルのメンバーではなく、私と同じで、誰かに強引に連れてこられたのかな。

小さな仲間意識は芽生えたものの、話しかけることはないまま今に至（いた）る。

良く言えばクールだけれど悪く言えば不愛想な印象で、正直話しかけにくい雰囲気を醸（かも）し出していたから。少し目にかかっている、ダークブラウンの長い前髪が余計にそう感じさせるのだろうか。

彼ももちろん私に話しかけてくることはなく、この六時間でひと言たりとも話していなかった。

そんな彼が突然テーブルを挟んで向かい側のソファーから立ち上がり、テーブルに両手をついて、身を乗り出して、ちょうど正面に座っていた私の目を、少し癖（くせ）のある前髪の隙間（すきま）から真っ直ぐ捉（とら）えた。

驚いたのは私だけではない。隣に座っていた彩乃も、彼の周りにいる男の子たちも、ポカンと口を開けたまま私たちに注目している。彼はそんな視線もまったく気にすることなく、真っ直ぐ私の目を見て続けた。

その真剣なまなざしは、この飲み会にはとても不似合いで。

「聞いてる？」

私の曲の次に入っていた、カラオケで定番のサビでタオルを回す曲が始まる。

「……え」

一緒に音楽やらない？

彼が言った台詞が頭の中でリピートされる。

少し言葉足らずに感じる彼の台詞を聞いてわかったことは、彼は音楽活動をしていて、歌ってほしいというのはおそらく本気だということ。

わからないのは、どうして今日初めて会ったばかりの私に突然そんなことを言ったのかということ。

あまりにも真っ直ぐ目を見つめてくるから、じわじわと体温が上がっていく。

「ｂａｃｋ ｎｕｍｂｅｒ好き？」

なかなか答えない私にしびれを切らしたのか、次の質問を私に投げかけた。

もうひとつわかったことは、彼はｂａｃｋ ｎｕｍｂｅｒが好きらしいということ。私も好きだけれど、さっき歌ったのはまったく違うアーティストの曲で、どうして私なのかはわからないまま。

彼はきっとイエスかノーを求めているのだと思う。でも詳細を聞かなければ答えようがない。

「好き、だけど。……え、と。ライブとかしたいってこと？」

「いや、ライブじゃなくて、音楽動画作って投稿したいんだ」

流れていた音楽がサビに入る頃、みんながおしぼりを持って一斉に立ち上がる。もうかなり出来上がっているようで、サビに入る前からおしぼりを回していた。

動画？　投稿？

学校祭で、この軽音サークルの人たちがステージ上で演奏や歌を披露(ひろう)しているところを見たことはある。彼が言っているのはそういう活動ではなく、動画配信サイトにでも投稿したいということだろうか。

それなら答えはひとつしかない。

「動画って……無理だよ。私、人前で歌うほどうまくないから」

いつの間にか無意識に止めていた呼吸を再開するため、そして上がった体温と騒がしい心臓を落ち着かせるため、大きく深呼吸をした。

動画配信サイトなんて誰に見られるかわからない。そんな度胸はないし、彼にも言った通り、私は人前で歌うほどうまくはない。

「フミ、やめとけって。ビックリしてるじゃん」

彼の左隣に座っていた男の子が呆(あき)れたように笑いながら右腕を彼の肩に回した。

〝フミ〟と呼ばれた彼は、はあ、と小さくため息を吐いた。テーブルから手を離してソファーに深く腰掛けると、配られたおしぼりを持つこともなく、盛り上がっている彼らを見ることもなく、ただ不機嫌そうにそっぽを向いていた。

出遅れてしまった私もおしぼりを持って立ち上がることはせずに手拍子だけした。手拍子よりも、深呼吸をしても落ち着いてくれない自分の鼓動の方が少しだけ早かった。あんなに真っ直ぐ、真剣な目を向けられたのは初めてだったから。

カラオケが終わるまでの残り一時間、私の目はちらちらと彼を見ていた。


「ユズ、呼んでるよ」

昼休み。研究室のドアから出ようとしていた女の子が、ドアの向こうへ姿を消すことなく立ち止まり、数秒後にくるりと振り返って私を呼んだ。

私を呼んでいるらしい人の姿はドアに隠れていて見えない。三年も通っていれば他のゼミにも友達のひとりやふたりくらいいるので、誰かが資料でも借りにきたのだろうかと思いながら席を立った。ドアの方へ行くと、そこには意外な人物がいた。

「よう」

短く言った彼は右手を上げた。

彼の顔を見た瞬間、昨日の出来事を思い出す。

『一緒に音楽やらない？』

確かに私にそう言った、昨日知り合ったばかりの友達でもなんでもない、名前さえ覚えていない彼。いや、確か〝フミ〟と呼ばれていたっけ。

「もう飯食った？　ちょっといい？」

いい？と聞いたくせに私の返事を待たずに歩き出す。まだご飯を食べていないから良くはないのに、無視するのも失礼だと思った私はつい彼の後を追ってしまった。

一度だけ振り向いて私がついてきていることを確認した彼は、言葉を交わすこともなくズカズカと廊下を歩いていく。

昨日は座っていることが多かったから気付かなかったけれど、背が高い。一八〇近くはあるだろうか。背の低い私とは頭ひとつ分くらいの差がある。

ひとつの講義室の前に立ち止まり、無言のままドアノブを握って手前に引いた。ドアに貼られている紙には、おそらく男性の字で『軽音サークル』と黒マジックで大きく書かれていた。

〝名前さえ覚えていない彼〟ことフミくんはサークルメンバーだったのか。昨日、勝手に親近感を抱いた勢いで話しかけなくてよかった。

中には誰もいなかった。ギター、ベース、ドラムの他にもいろいろな楽器が置いてある。

彼は私が部屋に入るのを確認するまでドアをおさえてくれていて、なんだか意外だと思った。背が高くてちょっと目つきが悪いせいか、ぶっきらぼうな話し方のせいか、そういう気遣いをできそうなイメージがなかったから。

我ながら失礼極まりないし、笑って許してくれそうなタイプにも見えないから言わないでおこう。

「お前、ｂａｃｋ ｎｕｍｂｅｒ好きなんだよな？」

彼がドアノブから手を離すと、古びたドアは「ギィ」と音を立ててバタンと勢いよく閉まった。外の音が遮断(しゃだん)された部屋の中はシンと静まり返って、また私の心臓は少しずつ音を速めていく。

パイプ椅子に座った彼は、パイプ椅子の横に立てかけてある二本のギターに手を伸ばした。彼の印象的になんとなくエレキギターを選びそうだと思っていたら、彼が選んだのはアコースティックギターだった。それを右手で持ち上げて太ももの上に置いた。

「う、うん」

「ギター弾くから、歌って。『花束』わかる？」

歌って、って。

やっぱり本気だったんだ。昨日の彼の真剣なまなざしで本気だとはわかっていたけれど、まさか翌日に会うなんて、わざわざ私のことを探しにくるなんて夢にも思っていなかったので、返事を考えていたわけもなく。

「わかるけど……ちょっと待って。なんで私？……ですか？」

いや、私の記憶が正しければ、あの場でちゃんと断ったような。『イエス』か『ノー』を求められていると思っていたのに、彼の中では『イエス』しか求めていなかったのだろうか。

そういえば、彼は何年生なんだろう。彩乃に聞いておけばよかった。昨日は私もお酒が入っていたから、なにも考えずにタメ口を使ってしまっていた。

彼はなんの迷いもなく私に対してタメ口を使っているし、同学年か四年生だろうか。それとも、誰にでもこういう口調なんだろうか。

後者じゃないかと思ってしまうほど彼はどこか威圧的で、奥二重の大きな目に捉えられて少し怯(ひる)んだ私は、室内を見渡すフリをしてつい彼から目をそらしてしまった。

「なんでって、歌うまいじゃん」

あまり答えになっていない。私の質問が悪かったのだろうか。

歌さえうまければいいなら、彩乃でも、他のサークルメンバーの女の子でもいいじゃないか。

「音楽活動してる……の？」

なんとなく、敬語を使うのも目をそらしているのも、負けている気がして。

おそるおそる彼に目を向けてタメ口を使ってみると、彼はなにも気にすることなくギターのチューニングを始めた。

「そりゃあ、軽音サークル入ってるくらいだからな」

確かに。彩乃は『楽器を触るよりも飲み会をしたりカラオケに行ったりする方が多い』と言っていたけれど、ちゃんと音楽が好きで活動している人もいるんだ。

「一緒にやってた先輩たちが卒業しちゃったから、今は俺ひとりだけどな。でもやっぱりギター好きだから、まだ弾いていたいんだよ」

チューニングを終えて顔を上げた彼は、目尻を下げてくしゃっと笑った。昨日はトータルで七時間も一緒にいたというのに、彼の笑顔を見たのは初めてだった。

目つき悪いくせに、笑うと可愛いじゃん。それに、本当に音楽が好きなんだ。

ドクンと心臓が大きく跳ねた。二メートルほど離れている彼に振動が伝わるわけがないのに、反射的に胸元をおさえるように手を当ててしまう。手の平から伝わる鼓動は部屋中に響いてしまいそうだった。

音楽活動を続けたい彼の気持ちはじゅうぶんに伝わってくる。そのパートナーとして私を選んでくれようとしていることも、正直に言えば嬉しい。

歌うことは好きだ。友達とカラオケに行けば「ユズは歌がうまい」と褒めてもらえることもある。でも見ず知らずの人に披露するほどうまくはない。

「そう、なんだ。……でも私、昨日も言ったけど人前で歌うほどうまくないし、そういうの苦手だから」

　これくらいハッキリ断らなければいけないということは昨日と今日でよくわかったから語気を強めた。

　胸元に当てていた手を下げて、少しの罪悪感を抱きながら「ごめんなさい」と小さく頭を下げる。そのまま身体を反転させて、背中に感じる彼の視線に振り返ることなく部屋をあとにした。


「ユズ、どこ行ってたの？　一緒に学食行こうと思ってたのに」

　研究室に戻ると、私を見つけた彩乃がひらひらと手を振った。

　ふわふわと揺れる内巻きのボブヘアを見て、彼に会ってからずっと落ち着かなかった心臓が少しずつ静まっていく。

　そうだ。お昼ご飯食べられなかった。今日は夕方まで講義がびっしり入っていて、もう食べる時間がないのに。

　でも、どうしてだろう。お腹(なか)が空(す)いていたはずなのに、彼と話している間そんなことはすっかり忘れていた。今もまるで身体が空腹を忘れ去ったみたいになにも感じない。

ただ、胸のあたりが膨らんでいるような感覚だけが残っていた。

「昨日の男の子に呼ばれてた」

「フミくん？」

「そうそう。昨日断ったのに、今日も同じこと言われて」

言いながら彩乃の隣に座ると、私の髪が乱れていたのか、綺麗にネイルが施されている指先を私の髪にゆっくりと通す。絡まっていた毛先が解けて、カラーとパーマで傷んだピンクブラウンの毛先が胸元にパサッと落ちた。

「そうなんだ。いいじゃん、ユズ歌うまいし」

「人前で歌うほどうまくないよ」

あれ。この台詞を言ったの、この二日間で何回目だろう。

「高校の時とか、学校祭で歌ってたじゃん」

「あれは……若かったから」

「いやいや、まだ若いでしょ」

彩乃の言う通り、高校時代は彩乃を筆頭にクラスメイトにもてはやされて、調子に乗った結果ステージで歌ったことはある。でもあまり大きな学校ではなく、人数も大学に比べたらずっと少なかったからこそできたことだ。

それに今回は、彼は動画を投稿したいわけで、顔も名前もまったく知らない人たちに見られるかもしれないわけで。

ああ、ダメだ。やっぱり無理。

「ねぇ、あの人、何年生？」

「タメだよ。経済学部」

なんだ、敬語使わなくてよかったじゃないか。

いや、もし同学年だと知っていても、あのオーラを目の当たりにすると、どちらにしても敬語を使ってしまっていたような気もする。

「フミくんってサークルでもギターうまくて有名だよ。ＳＮＳでギター弾いてる動画も投稿してて、けっこう人気だし」

「え？　そうなの？」

「うん。顔は出してないけどね」

見る？と、すでに彼が動画投稿をしているらしいＳＮＳの画面が表示されているスマホを彩乃が私に差し出す。それを見ることなく首を横に振った。

彼が音楽動画を投稿したいと言っていたのは、動画配信サイトではなくＳＮＳだったのかな。だからといって首を縦に振るつもりはないし、私には関係のないことだ。

彩乃は高校の学校祭の時も誰よりもノリノリで、私を調子に乗らせた張本人なのだ。

今回は負けるわけにはいかない。すでに「ユズが歌ってる動画も見たいな～」なんて言いながら大きな目を細めてニコニコしている彩乃に反応してはいけない。

「フミくん、イケメンなんだから顔出せばいいのにね」

「えっ？　イ、イケメン……？」

私からすると目つきが悪くて不愛想でぶっきらぼうで、かなりとっつきにくいイメージなのだけど。世間一般ではイケメンなんだろうか。私はあまりタイプじゃないからよくわからない。

どう話題を変えていこうか悩んでいたのに、私の頭の回転が追い付かなかった。それどころか不覚にも食いついてしまった。

「けっこうモテるしね。フミくんにスカウトされるなんて、羨ましがる子いると思うよ～？」

あれはスカウトと言えるのだろうか。ただ一方的に圧をかけられているだけのような気がするけれど。

「……そう、なんだ」

そうか、イケメンでモテるのか。冷やかすようにニヤニヤと笑う彩乃から、なんとなく目をそらした。

他の話題がまったく浮かばないのは、私の頭の回転が遅いせいなのか。それとも、彼の笑った顔を思い出してまた速くなっていく鼓動のせいなのか——彼の話をもっと聞きたいのか。

　自分でもよくわからなかった。

「まあ、さ。いい機会だと思うよ？　なにかに没頭してたら、気持ちも楽になると思うし」

　ハッキリとは言わないけれど、彩乃がなにを言いたいのかはわかる。

「……そう、だね」

　高校生の頃、私はひとつの大切な恋を失った。

と言ってしまえば少しは美化されるけれど、普通に片想いして普通にフラれただけ。

それでも、当時の私にとっては一世一代の恋だといっても過言ではないくらい、大切な恋だった。

　今はもう彼を思い出して泣くこともないし、過去は過去だと割り切ることはできているのに、それでもまだ新しい恋はできずにいた。正確には、何度か恋をしたけれど、あの頃みたいな気持ちになることはなかった。

　いつかまた恋ができるだろうと思ってはいる。でもそれは、学校祭のステージに立つよりも、動画投稿をするよりも、私にとっては難しいことのように思えた。

＊　＊　＊

カラオケの時とは違い、私はちゃんと話を聞いてからちゃんとハッキリ断った。

それなのに彼はそれからも毎日のように私の前に現れ続けた。

もう誰かに呼んでもらうことが面倒になったのか、ドアから顔を覗（のぞ）かせて私に手招きをしたり、目を合わせないようにすれば中まで入り込んできて「無視すんなよ」と私を睨（にら）んだり。

今もそう。学食じゃ見つかるかもしれないからと、購買でパンとお茶だけ買って中庭に逃げたというのに、当然のように私の隣に座っている。彼はどこで私を見かけたのか、はたまた彩乃が密告したのか。

彼に言ってやりたい。立派なストーカー行為だと。

「しつこいなあ、もう」

「いいって言わないから」

え？　いいって言うまで続くの？　なんて強引なんだろう。

彩乃は私の味方をすることも彼を止めることも一切してくれないし、なんなら彼を応援している。彼が現れる度に間に挟まれて『イエスと言え』と圧をかけられて、私はもう根負けしそうになっていた。

今回は乗せられるわけにはいかないのに。学校祭なら一度で終わるけれど、動画なんて消さない限りずっと残ってしまう。

「ていうか、彩乃に聞いたけど、ＳＮＳにギター演奏の動画投稿してるんでしょ？　今まで通りひとりで投稿したらいいじゃん」

「いや、ＳＮＳじゃなくて動画配信サイトに投稿したいんだよ」

全然答えになっていない。今回に関しては私の質問が悪かったとは思えない。

彼はあまり人の話を聞かないのだろうか。それとも、自分が求めている答えしか聞こえない、特殊な耳を持っているのだろうか。

「とにかく、何回きても無駄だからね。絶対歌わな――」

「お前の歌声、俺すげぇ好き。カラオケで歌聞いた時、こいつだ！って思ったんだよ」

絶対に目を合わせまいと夢中で焼きそばパンを頬張っていたのに、つい彼の目を見てしまった。だって、ずっと『歌え』しか言われていなかったのに、急にそんなことを言うから。

「ひとりでギター弾きながら、こんな歌声の女いないかなってずっと考えてて。お前の歌声聞いた瞬間、想像してたイメージ通りでビックリした。だから、お前以外考えられない」

まるで告白みたいな台詞に、またじわじわと体温が上がっていく。

音楽の話をする度に見せる、真剣で真っ直ぐな目。

カラオケで初めて声をかけられた時から気付いていた。私はどうもこの目に弱い。

だから絶対に目を合わせたくなかったのに。

「……だって、真剣に音楽やってるんでしょ？　だったらもっと歌うまい子探した方がいいよ」

「真剣にやってるはやってるけど、単なる趣味だよ。勘違いしてそうだけど、プロになる気とかもないから」

「え？　そうなの？」

「俺、卒業したら普通に就職するつもりだし。俺程度の腕前じゃプロになるなんて到底無理だよ。世の中そんなに甘くねぇだろ」

なんだ、意外と現実的なんだ。

仰る通り、プロを目指しているのだろうと思いっきり勘違いしていた。あんなに真剣なまなざしで何度も語られたら、誰だって勘違いするでしょうよ。

「動画撮るだけなんだからいいじゃん。歌、好きだろ？」

「……好き、だけど」

「ボーリングでも居酒屋でもずっと心ここにあらずって感じだったのに、歌ってる時はすげぇ生き生きしてて、歌うの好きなんだなって思った」

私も思った。音楽が好きなんだろうなって。

「話してて思ったけど、お前さ、普段話してる時と歌う時、声も雰囲気も全然違うじゃん。それに声量あるし高音もよく伸びてる。ちょっとピッチずれる時もあるけど、もともと音感いいから練習したらすぐにもっとうまくなるよ」

『うまいね』とざっくり褒められることはあっても、こんな風に言われたことはなかった。

これ以上なにも言わないでほしい。そんなに真っ直ぐ目を見つめないでほしい。目をそらすことができなくて、カラオケの時よりもずっと、身体から湯気が出てしまいそうなほど全身が熱い。

「ただ友達とカラオケで歌ってるだけじゃもったいねぇよ」

「で、でも」

「わかった、顔は見えないようにするから。動画出すとしても後ろ姿とか遠目とか、とにかくお前だってわからないようにする」

ああ、もう。だから目を合わせたくなかったのに。

どうしてそんなに楽しそうに笑うかな。私はたぶん、真剣なまなざしよりもずっと、彼の笑顔に弱いのに。目つきが悪くて不愛想なくせに、こういう時だけそんなに優しく微笑むなんてずるい。

あまり目を合わせないようにして、彩乃に差し出されたＳＮＳの動画を見ないようにして、彩乃からなるべく彼の話を聞かないようにして。……最後のひとつに関してはできていなかったけれど。

とにかく、全部無駄になってしまったじゃないか。

でも、初めて『歌って』と言われた時から薄々気付いていていた。翌日に彼が私を探しにきた時に確信していた。

私はきっと、彼に頷くことになるだろうと。

「……わかった」

「マジ⁉」

あまりにも嬉しそうに笑うから、なんとなく悔しくて、もう無駄な抵抗でしかないことをわかりつつも目をそらした。

手に持ったままだった焼きそばパンの存在を思い出して、彼に会う度に騒ぐ心臓をごまかすようにモグモグと頬張った。

「あとから『やっぱり無理』とかなしだからな」

「わかってるよ」

「よし、決まり。……で、お前、名前なんだっけ？」

名前すら知らない相手をよく一週間も口説き続けたな。まあいつも『お前』と言われているから、そんな気はしていたけれど。

それに私も、実は彼のフルネームを知らないままだった。

「あ、俺が先に言うのか。桜井郁也。フミでいいよ。みんなにそう呼ばれてるし」

「川村柚香です。……ユズでいいから。みんなにそう呼ばれてるし」

「ユズ、な。改めて、よろしく」

差し出された手に、戸惑いながら右手を伸ばす。

手が大きくて指が長い。手の甲に当たった彼の指先は硬くなっていて、どれほどギターを弾いてきたのか、初心者の私でさえわかるほどだった。

こうして私は、彼――郁也と動画投稿をすることになった。

私の最初の小さな嘘

翌日。お互いの講義が終わってから、郁也はさっそく私を連れて、軽音サークルが使っている講義室へと歩き始めた。今日は無言ではなく、何度も後ろを振り返りながら楽しそうにたくさん話しかけてくれる。

もしかしたら郁也も、私と同じで多少緊張していたのかもしれない。そういうタイプにはあまり見えないけれど。

こんなに喜んでくれるなら、もっと早く頷いてあげたらよかった。キツい言い方で断り続けてしまった分、頑張って期待に応えねば。

でも郁也の説明が足りなかったせいもあるわけで。謝るのは癪だから、罪悪感と密かな決意は口にしないまま郁也の一歩後ろを歩いていた。

「動画ってすぐに撮るの？」

「練習してからに決まってるだろ」

決まってるんだ。なにも説明を受けていないのに、そんな当然のように言われても。

歌に関してあれだけ褒められたことに少なからず浮かれていた私は、まさか練習から始めるなんて予想もしていなかった。すぐに一曲分を撮って終わりだと思っていたのは甘かったようだ。

郁也は今日も私が室内に入ったことを確認してからドアノブから手を離した。

二本のギターの隣にはパイプ椅子が置かれたまま。郁也はそれに座ることなくスタスタと奥へ歩いていき、長方形のテーブルを囲んで置いてあるパイプ椅子をひとつ持ってきて、一メートルほど空けて向かい合う形で置いた。

ドアもそうだけど、基本的に気が利く人なんだな。

また意外だなと思いながら「ありがとう」と小さく言って、郁也が用意してくれたそれに腰かけた。郁也も私の向かいに座る。一メートルしか空いていないパイプ椅子の距離は、お互いが座ると思っていたよりずっと近かった。

郁也は今日もアコギを選んで太ももに乗せた。弦に挟んでいたピックを指先で持って、それを弦に滑らせる。今日はチューニングをしなくても大丈夫なのか、そのままウォーミングアップをするみたいに軽く音を出した。

なんて愛おしそうに弾くのだろう。

弾く、というより、愛でる、といった方が、表現として合っているくらいに。

「とりあえず、歌ってくれる？　『花束』でいい？」

顔をギターに向けたまま目線だけ上げた。確か昨日も『花束』と言っていた。もしかして一番好きな曲なのかな。

「うん」

私が答えると小さく笑って目線をギターへ戻し、人差し指でボディ部分を四回叩いてから前奏を奏で始めた。原曲キーではなく、おそらく三つか四つほどキーを上げている。『花束』はサビ以外の音程が低いから、私が歌いやすいようにキーを上げてくれたのだと思った。

ギターの音で音程を確かめつつ、指先でリズムを取りながら、息を大きく吸って最初のフレーズをゆっくりと吐き出した。

「ストップ」

「え？」

まだワンフレーズしか歌っていないのに、郁也は演奏を止めて私をキッと睨みつけた。

「全然声出てねぇ。やり直し」

つい数秒前まで愛おしそうにギターを弾いていた人と同一人物とは思えないほどの目つきと低い声。

もしかして二重人格なのかな、この人。

「だって、私カラオケでしか歌ったことないし、こんな静かな場所じゃ緊張する」

「恥ずかしがってる場合じゃねぇだろ。いいから、やり直し」

シンと静まり返った誰もいない室内で、たった一メートルの距離で向かい合って、ギターの音だけで歌う。

そんなの初めてなんだから緊張して当たり前なのに、郁也は私の言い分を聞くこともせずに何度も何度もやり直した。もう一メートル、いや、せめてもう三十センチでも距離を空けてパイプ椅子を置いてくれたら歌えたかもしれないのに。

郁也に気付かれないように、さりげなく椅子を後ろへずらしていく術（すべ）はないだろうか。あらゆる作戦を考えてみたけれど、なにをどうやっても不自然になってしまう気がして動けなかった。

結局、練習初日は最後まで歌い切ることができずに終わった。

講義室の酸素を全て吸い込んだのでは、と心配になるほど大きく息を吸い、代わりに二酸化炭素を盛大に吐き出しながらギターを置いた郁也は、「ひとりでも練習しとけよ」と私に人差し指を向けて立ち上がった。

ただ一日だけ付き合って歌っている動画を撮るだけだと思っていた私は、まさかこんなことになるなんて思っていなかった。こんなの聞いていないと言い返してやりたい気分だ。余計に怒られることはわかっているから言えないのだけど。

「はい……。ありがとうございました」

ただ座って歌っていただけなのに心身ともに疲れ切った私は、パイプ椅子からヘナヘナと立ち上がってぺこりと頭を下げた。今はもう同い年だとわかっているのに、なぜか敬語を使って。だってなんか、鬼コーチみたいだ。

郁也が講義室を出るまで見送ろうと頭を下げたままだった私に「なにやってんだよ」と小さく笑った。

「え？」

「帰らんの？」

「帰るよ？」

「一緒に帰らんの？　家まで送るけど」

数分前まで鬼コーチだった人とは思えない発言だ。

ん、と窓の外に目線だけ向けた郁也につられて外を見ると、もうすっかり暗くなっていた。

なんて感情と表情がコロコロ変わる人なんだろう。怒ったり笑ったり厳しくなったり優しくなったり、忙しい人だな。二重人格なの？と聞いてみたら、また睨まれるかな。それとも、笑うかな。

「送ってくれる……の？」

「家近いならいいけど」

「近くはないけど」

とっさに答えてしまったけれど、徒歩三十分ほどの距離は郁也にとって近いのかな。遠いのかな。

少なくとも歩くのが苦じゃない私にとっては遠くもないし、人通りも車通りも多いからひとりで歩くのが危険な道でもない。

「じゃあ送る」

行くぞ、と先に歩き出した郁也は、背中に私の気配を感じるまでドアをおさえてくれていて。後ろから「ありがとう」と言った私に振り向いて、「どういたしまして」と目尻を下げて小さく笑った。

＊＊＊

郁也が指定した練習日は週に二、三日。特に曜日の指定はなく、郁也のバイトが休みの日という、なんとも自分本位なスケジュールだった。

基本的に平日なので、練習場所は主に講義室か、たまにカラオケ。ふたりでカラオケにいるのにずっとひとりで歌い続けるのは気まずいからと郁也にも歌わせてみたら、普通にうまかった。自分で歌えばよかったじゃんと言ったら、「人前で歌うほどうまくない」とどこかで聞いたことのある台詞を返された。

講義室はいつきても誰もいなくて、彩乃の言っていた通りあまりサークル活動はしていないようだった。その証拠に、私もサークルに入った方がいいのかと郁也に聞いてみたら「必要ない」と即答された。

「お前、調子の良し悪しの差激しすぎ。調子悪い日は全然声出てねぇ」

ギターを弾いていた手を止めて、私をキッと睨みつける。この二週間で何度この顔を見せられただろう。

初日から気付いてはいたけれど、郁也は音楽のことになるとスパルタだった。練習日は講義が終わると迎えにくる郁也に連れ出されて、私の調子が悪い日はこうして延々と説教をされる。

練習の帰り道はよく喋ってよく笑うのに、ギターを持つと人が変わったように厳しくなる。やっぱり二重人格だ。

「そんな、最初から急に声出ないよ。ていうかずっと言いたかったんだけど、厳しすぎない？　プロ目指してるわけじゃないって言ってたじゃん」

郁也が『男性アーティストの曲を女が原曲キーで歌ったって面白くもなんともない』と言うので、キーを四つ上げて歌っている。ｂａｃｋ ｎｕｍｂｅｒはただでさえ高いし、『花束』は音程の波が大きくて難しい曲だ。おまけに今日は朝から夕方までびっしり入っていた講義が終わった直後だし、急に声が出なくても仕方がないのに。

講義室に入ると自分でパイプ椅子を用意するようにして、向かい合ってもなんとか平常心でいられる距離まで少しずつ離してみたものの、あまり効果はなかったようだ。自分で椅子を用意する私を見て、郁也は「気が利くようになったじゃん」と言っていたので、気付かれないようさりげなく距離を空ける作戦は大成功をおさめたというのに。

「別にプロ目指してなくても人に聴いてもらうことには変わりないんだから、やるからには本気でやるのが当たり前だろ。ほら、さっさと歌え」

仰る通りだ。

私もだいぶ言い返せるようになったと思う。でも郁也はいつもこうして正論という名の豪速球をどストレートに投げてくるから、私はそれをキャッチすることに精一杯で投げ返すことができない。時々キャッチができずデッドボールになることもある。

なぜなら郁也のギターは初心者の私でもわかるほど上手だし、練習を怠っていないことがよくわかるから。

ギター演奏の動画をSNSに投稿しているわけだし、人に聴かせるために普段から練習を積み重ねて努力しているのだと思った。自分のことを棚に上げて怒ってくるならもっと言い返せるのに、非の打ちどころがない。

「そう！　今のすげぇ良かった。今の感じ覚えといて。もう一回やろう」

ああ、これだ。もうひとつにして最大の、私が言い返せなくなってしまう理由。

郁也はただ厳しいだけじゃなく、私がうまく歌えた時はこうしてめちゃくちゃ褒めてくれる。そして褒めてくれたあとは、まるでクリスマスプレゼントをもらった子供みたいに無邪気に笑う。

褒められるのが嬉しいのか、その顔をもっと見たいのか。

前者だと自分に言い聞かせながら、郁也との練習がない日は彩乃を誘ったりしてカラオケに通っていた。騒いだり採点をして遊んだりすることはなく、郁也に言われたことを思い出しながら、ただただ歌うことに集中していた。

そんな毎日を一ヶ月繰り返す頃には、練習の成果もあってか、自分でもわかるほど安定して声が出るようになった。

動画投稿なんてできないとあんなに言っていた私も、高校時代は彩乃に乗せられたけれど、今回はまんまと郁也に乗せられてしまったわけで。どうも私は調子に乗りやすいらしい。

「よし、帰るか」

外が暗くなるとギターを置いて立ち上がる。郁也の家は『お前んちからけっこう近い』らしく、通り道だからと言って練習日は必ず私を家まで送ってくれていた。

ひとりで帰る時は地下鉄に乗ることも多い。でもなんとなく、歩くのが好きだからいつも徒歩で帰っていると言ってしまった。

徒歩三十分の距離が郁也にとって近いのか遠いのかは未だにわからない。文句ひとつ言わずに「俺も歩くのけっこう好きだよ」と言って一緒に歩いてくれていたから、あえて聞くこともしなかった。

続いていく時間

「ヤバイ、めっちゃ緊張する」

「なんでだよ。失敗したら撮り直せるんだから緊張することねぇだろ」

「失敗したらどうせ『時間ねぇんだぞ』とか言って怒るじゃん」

「よくわかってるじゃん」

郁也と練習を始めてから二ヶ月が過ぎた七月の始まり、ついにこの日がきてしまった。

撮影日が今日になった理由は、日曜日なのに珍しく郁也のバイトが休みだったから。この日に撮るからな、と郁也の中ではすでに決定事項になっているらしい日にちと時間を伝えられただけで、私の予定を聞かれることはなかった。

十三時に、私たちの家の最寄り駅である自由ヶ丘駅の改札前で待ち合わせをした。

郁也はいつも使っているショルダーバッグの他に、黒のギターケースを背負い、黒の大きめのバッグを左手に抱えていた。私はカゴバッグひとつしか持っていないので、どれか持とうかと言ったら「重いからいいよ」と返された。

撮影も講義室でするのかと聞いてみたら、そんなわけねぇだろ、と言われて。じゃあカラオケかと聞いてみたら、他の部屋から音漏れするだろ、と言われて地下鉄に乗って。最終的に「ちょっと黙ってついてこい」と、今日はギターを持っていないのに怒られて。いや、手には持ってはいなくても背負っているか。

言われた通り黙ってついていくと、連れてこられたのはレンタルスタジオだった。スタジオといえば狭い部屋に楽器や音響の機械が置いてあるイメージだったけれど、おそらく三十畳ほどある広い室内は床も壁紙も天井も真っ白だった。

室内に足を踏み入れた時、大きな窓から差し込む太陽の光が白い空間に反射して境目が見えなくなり、一瞬、まるで自分が宙に浮いているかのような感覚に陥った。右手を額のあたりにかざして照り付ける太陽を隠し、何度かぎゅっと瞬きを繰り返すと、椅子やギタースタンドが姿を現した。

「なんかすごいね。こんなに広いスタジオあるんだね」

「探したんだよ。お前、広いとこの方がよく声出るから」

なるほど。確かにカラオケでも狭い部屋だとうまく声が出ない気がする。

郁也に初めて話しかけられた日は人数が多かったから、このスタジオと同じくらい広いＶＩＰルームだった。

「先輩たちともいつもここで練習してたの？　あ、でも、機材とか置いてないよね」

キョロキョロと室内を見渡しても、楽器も音響の機械も見当たらない。

「いや、練習っていうか撮影はスタジオでやってたけど、ここではない」

「そうなの？　なんで今日はここにしたの？」

「お前のイメージ」

郁也といると、どれだけ平常心を保っていても、体温が急上昇する瞬間が何度も訪れる。

もう全身から湯気どころか火が出そうなくらいに熱い。

「さっさと撮るぞ。金払ってんだから」

「う、うん」

私のイメージ、って。太陽の光に照らされている、この真っ白な空間が？

どういう意味だろう。歌声のイメージっていうことかな。いや、私の歌声はこの空間に合うような澄んだものではない。少し言い間違いをしただけで、曲のイメージってことかな。それなら納得がいく。

いや、そもそも深い意味はないのかな。うん、たぶんないだろうな。

深い意味があるのなら、涼しい顔をしてさっさとカメラを三台もセットしたりギターのチューニングを始めたりしないだろうし、「お前も早く準備しろよ」と睨んできたりもしないだろうし。

いくら自分に言い聞かせてもなかなか平常心に戻ることができなくて、開始早々、郁也に思いっきり睨みつけられてしまった。撮影は一時間で終わらせると脅されていたから、郁也と待ち合わせをする前に一時間ほどカラオケに寄って発声練習をして準備万端だったのに。

声が裏返ったのは、今日ばかりは郁也のせいなのに。

怒られながら何度かやり直しをしていくうちに、少しずつ緊張が解けて喉が開いていく。マイクを使っていないのに声が響き渡って気持ちいい。自然と声が弾んでいくのがわかった。

予定の一時間が経つよりも少し前に、郁也からストップがかかることなく最後のフレーズまで歌い切ることができた。『花束』は後奏がないから、同時にギターの音も途切れる。

弦から指を離した郁也は真顔のままゆっくりとこちらを向いて、もしかしてダメだったのかな、と不安になる隙もなく、今までで一番の笑みを見せた。

「……ヤバイ。俺、今すげぇ感動してる」

言いながら、ギターをスタンドに置いた。

私もだった。爽快感と、達成感と、夢心地と、感動と。

どう例えるのが正解なのかわからない様々な感情が一気に溢れてきて、心臓がドクンドクンと大きく波打っている。それは初めて郁也に声をかけられた時のそれとよく似ていた。

あの時よりも、もっともっと、大きいけれど。

「今までで一番、すっげぇ気持ち良かった。見て、鳥肌立ってる」

私も、と言いたいのにうまく声が出ない。明日からしばらく声が出なくてもいいというくらい思いっきり歌ったからだろうか。それとも、また膨らんでいる胸が喉を圧迫でもしているのだろうか。

なにも言わないまま呆然としている私の目の前に立った郁也は両手を広げた。急にどうしたのかと戸惑う私を見て小さく微笑むと、そのままぎゅうっと抱き締めた。

郁也の胸のあたりに顔が埋まり、ドクンドクンと大きな振動が伝わってくる。

「ちょ、フ、フミ?」

「やっぱりお前に声かけて良かった。ありがとな」

熱くなっている体温も、郁也に負けないくらい大きく鳴っている心臓の音も隠し切れない。全て郁也に伝わってしまう。

「……うん」

でも、いいや。今なら、この感動のせいにできるから。

撮影が終われば解散するのかと思っていた私に「まだ時間大丈夫だよな？」と言っ

た郁也は、私の返事を聞かずに地下鉄名城線に乗った。まだ十五時を過ぎたばかりだし、今日は予定を入れていないから問題はないし、別にいいけれど。

わざわざスタジオで撮影をしたくらいだから、動画投稿もまたどこかの場所でするのだろうか。

そう思いながらついて行くと、郁也が降りたのは自由ヶ丘駅だった。時間は大丈夫かと聞かれたからまだ解散するわけじゃないのかと思っていたのに、やっぱり私のことを家に送ってからひとりで動画投稿をすることにしたのだろうか。

無言のまま歩き続ける郁也は、私がいつも利用している二番出口ではなく一番出口へ進んでいく。駅を出てから五分ほど歩いたところで、四階建てのマンションの前に足を止めた。

「ここ、どこ？」

「俺んち」

「え？」

俺んち、って……郁也の家？

本当に私の家から近いんだ、とか、ひとり暮らしなんだ、とか。思うことはたくさんあるけれど、今一番大きな問題はそんなことではない。

郁也の家に行くの？　今から？　私も？

初めて講義室へ連れて行かれた時と同じように、私に見向きもせずにタンタンと軽快な音を立てて階段を上っていく。心の準備をする時間すら与えてくれない。

慌ててついていくと、二階の、階段から一番近くのドアの前で止まった。

ガチャ、と音を立てて開いたドアの先に見えたのは、二畳ほどのキッチンとツードア式の小さな冷蔵庫。その奥にはすり硝子（ガラス）の引き戸がある。玄関で靴を脱いで足早に歩いていく郁也を追って中へ入った。

引き戸の先には八畳くらいのリビングがあり、そこにはテレビ、テーブル、その上にノートパソコン、マットレス、雑誌やＤＶＤが敷き詰められている本棚、そしてエレキギターが二本置いてあった。ひとつだけ空いているギタースタンドは、郁也の背中にあるアコギの帰りを待ちわびているようにポツンと立っていた。

キッチンには調理器具や食器も置いていなかったし、音楽一色の部屋であまり生活感がない。郁也らしい部屋だと思った。

「ひとり暮らしだったんだ」

「地元、豊橋（とよはし）だからな。通学大変じゃん」

どうぞ、と言った郁也はマットレスの横にショルダーバッグを置いて、というより放り投げて、ギターケースとカメラが入っているバッグは静かに置いた。テーブルの前に片膝（ひざ）を立てて座ると、バッグから取り出したカメラとノートパソコンをＵＳＢ

ケーブルで繋いだ。

立ったままの私をちらりと見て「ん」と隣を指さした。そこに座れという意味だろうか。この二ヶ月でわかったことは、郁也は集中モードに入ると極端に言葉が足りなくなるということ。

今さら「お邪魔します」と小さく言って隣に正座をする。郁也が急に体勢を崩してあぐらをかいたから、膝と膝がコツンと当たった。

仮に心臓が体内を移動するのなら、今私の心臓は間違いなく右膝にある。

画面にある大量のアイコンの中からひとつのアイコンをダブルクリックして開いた。それから動画を取り込んだりマウスを動かしたり、クリックしたり、文字を打ったり消したり。

隣で見ていても機械音痴(おんち)の私にはなにがなんだかわからない。ひとつだけわかることは、動画の編集をしているということ。画面の中央には今日撮影した動画が表示されていた。

動画をそのままサイトにアップするだけかと思っていたのに、私の存在を忘れているかのように黙々(もくもく)と作業を進める。

「あ、あの、私もなにか手伝おうか?」

「いや、大丈夫」

見向きもせずに放った言葉は抑揚がなく、ほとんど空返事だった。

手伝うことがないのなら、どうして私を連れてきたのか。大いに疑問ではあるけれど、じゃあ帰れば、と言われるかもしれないので、「そっか」とだけ返して動画の編集作業をじっと見ていた。

――鼻、高いな。まつげは短めで、ちょっと逆さまつげになってる。目線を下げているから、いつも奥に隠れている二重の線がくっきり見える。

編集作業をじっと見ていた……はずなのに。

私の目線はいつしかパソコンの画面ではなく、真剣なまなざしで作業を進める郁也の横顔に向いていた。それに自分で気付いた時、カアッと身体が熱を帯びたのを感じた。それをごまかすように慌ててパソコンの画面に目線を戻した。

今は郁也になにか言われたわけでもされたわけでもないのに、私の身体はいったいどうなってしまったのか。意志に反して勝手に動いてしまう、自分の身体じゃないようなこの感覚を、私は知っている気がする。

こんな静まり返った部屋じゃ落ち着かない。もっと物音がないと個人的に困る。

そんな私の葛藤が集中モードに入っている郁也に伝わるわけもなく、「……できた」とパソコンから手を離したのは、編集を開始してから二時間が過ぎた頃だった。

近距離で目が合ったのは、私が郁也を見たのは、「できた」という声を聞いたからであって、また横顔を見ていたわけではない。そんな無意味な言い訳を心の中で繰り返した。

「え？」

「投稿できた」

パソコンの画面には『投稿完了』という文字が浮かんでいた。

「え⁉　投稿する前に私にも見せてよ！」

「投稿した動画見ればいいだろ」

それはそうなんだけど。いや、そうじゃなくて。

変な顔をしてないか、とか、二重顎になっていないか、とか、ちゃんと歌えているか、とか。事前に確認する項目は山ほどあるのに、女心というものをまったくわかっていない。いや、郁也にそんなことを考えろと言っても無駄なことはじゅうぶんにわかっているはず。

一緒に観る？と目尻を下げて笑うから、文句を飲み込んで、パソコンの画面を見るフリをして目をそらした。

再生ボタンを押すと、画面に映ったのは私たちの姿ではなく、いつの間に撮ったのかわからない花束の静止画と〝ｂａｃｋ ｎｕｍｂｅｒ『花束』ｃｏｖｅｒ〟という白文字のテロップだった。

それが三秒間ほど流れてから郁也のギター演奏が始まり、今日撮影したスタジオが映し出される。

歌っている私の口元だったり後ろ姿だったり、ギターを弾く郁也の手元だったりのシーンが数秒間ごとに切り替わっていく。それを見て、歌っている動画を撮影するだけなのにどうしてわざわざカメラを三台も用意したのかという疑問がすぐに解決した。

動画の下部には、最初のテロップと同じ色と書体で歌詞が書かれていた。ギターの音も歌声もずいぶんとクリアになっていて、それぞれの音量を細かく調整したこともわかった。

動画が終わるまで私の顔が映ることは一度もなかった。撮影時に『顔は映さないようにしてね』と念押しすることをすっかり忘れていたけれど、ちゃんと約束を守ってくれていた。

「……す、ごい。すごいねフミ。こんなことできるんだ」

想像していたよりもずっと凝っているし、編集作業に二時間もかかったことに納得した。私なら二時間でここまでできるだろうか。テロップを入れることすらできる気がしない。

「ここまでやったのは初めてだよ。あー疲れた」

大きく伸びをして、そのまま背もたれにしていたマットレスに倒れこんで目を閉じた。「お疲れさま」と声をかけると、うっすら目を開けて「お前もな」と微笑んだ。

「さて。記念すべき初投稿の打ち上げに、居酒屋でも行く？」

「行きたい！　今、めちゃめちゃお酒飲みたい気分。……あの」

「どうした？」

「私、今日、すっっっごい楽しかった。……ありがとう。私に声かけてくれて」

初めて声をかけられてから二ヶ月間、感謝を伝えたことは一度もなかった。でも今ちゃんと伝えなければいけないと思った。

この気持ちを言葉にするのは難しくて、ありきたりな言葉しか出てこないことがもどかしい。『ありがとう』だけじゃ私の中にある感情を表現しきれない。

「はは、笑った」

「え？」

マットレスから起き上がると、私の頭にポンと手を乗せた。今度は心臓が頭に移動したみたいだ。

触れられた部分が、じわじわと熱を帯びていく。

「お前の笑った顔、すげぇ好き。なんか、周りがパッて明るくなる感じする」

なにそれ。そんなこと、初めて言われた。

「……そんなこと思ってくれてたんだ」

「さっき言っただろ。お前のイメージでスタジオ選んだって」

深い意味、あったんだ。

それなのに、あんなに平然と言うなんて、こんなに平然と言うなんて、郁也には照れるとか恥じるとかいう感情はないのだろうか。

深い意味を込めて言ったのなら、もう少しそれっぽい行動をしてほしかった。私ばかり動揺したり声が裏返ったり、アタフタしてバカみたいじゃないか。

実際にそれっぽい行動をされていたら、もっと動揺していたことは目に見えているのだけど。

「じゃあ、居酒屋行くか」

床に置いていたショルダーバッグから財布とスマホとキーケースだけ取り出して立ち上がり、それらをデニムのポケットに入れていく。

テーブルに置いていたスマホで時間を確認すると、いつの間にか十八時を過ぎていた。集合したのが十三時だったから、もう五時間も一緒にいるんだ。練習はいつも二時間程度で、帰宅時間を合わせてもプラス三十分。こんなに長くいるのは初めてだ。

郁也といると時間が過ぎるのがあっという間すぎる。本当に、毎日均等に二十四時間なのだろうかと疑問に思うほど。

「つっても本山まで行かなきゃ店ないか。どうせなら栄まで行く？」

「ううん、近所でいい」

栄まで行くと地下鉄の時間を気にしなきゃいけなくなってしまう。本山ならギリギリ徒歩圏内だ。地下鉄だと三分、徒歩だと三十分もかからないくらい。

たったの二十七分プラスされたところで、どうせまた、あっという間に過ぎてしまうのだろうけど。


郁也が手羽先を食べたいと言うので、私の行きつけでもある手羽先が有名な居酒屋に入った。郁也からすると「俺の行きつけだよ」らしいけれど。

同じ大学で、同じ学年で、家も近所で、行きつけの居酒屋も同じで。今まで出会わなかったのが不思議なくらいだ。

もしかしたら、私はあまり周りが見えていないのかもしれない。郁也も視野が広いタイプには見えないというか、他人にあまり興味がなさそうだし。

出会ってからもう二ヶ月。まだ二ヶ月。

もしもあの日カラオケで声をかけてくれていなかったら、きっと今こうして一緒にいることはなかった。そう考えると不思議なくらい、もはやふたりでいるのが当たり前になりつつある。今はもう郁也がいない日々はあまり想像がつかない。

ああ、でも、今日で念願の動画投稿を終えたわけだし、これからは大学や道端や居酒屋で偶然会った時に「よう、久しぶり」なんて言い合うだけになるのかな。そう考えると、胸のあたりがチクリと痛んだ。

座敷席にテーブルを挟んで座り、運ばれてきた生ビールで乾杯をした。

私はたぶん酒豪と呼ばれる部類で、自分と同じペースで飲み続ける人をあまり見たことがない。次々と注文して次々と飲み干す郁也にそんな話をしたら、「俺もこんなに飲む女初めて見た」と笑ってから、また飲みにこようよと付け足した。

なるほど。そうか、これからは飲み友達になるのか。

今までは練習のために週二、三回会っていたわけだけれど、飲み友達ってどれくらいの頻度で会うのかな。どれくらいの頻度で誘っていいのかな。同じく酒豪の彩乃なら毎日でも誘えるのに、郁也との距離感がうまくつかめない。どこまで踏み込んでいいのかもよくわからない。

お酒が入った郁也はよく喋ってよく笑っていた。いや、ギターを持っている時と集中モードに入っている時以外は、普段からよく喋ってよく笑っているっけ。

もう何杯目かわからないレモンサワーを飲み干す頃には、くだらない話ばかりしてバカみたいに笑っていた。私は酔うととにかく楽しくなって笑い上戸になるのだ。

でも、いつもよりたくさん笑っている気がする。

「フミって、けっこう笑うよね」

「そりゃ笑うだろ」

「最初は全然だったじゃん。目つき悪くてぶっきらぼうで不愛想で上から目線で偉そうで……」

「おい、悪口はそこまでにしとけよ」

いつの間にか最初のぶっきらぼうで不愛想なイメージはすっかりなくなっていて、今ではこんな憎まれ口を叩けるようになった。普段の郁也は至って温厚だということがわかったからだ。

今持っているのはギターじゃなくハイボールだから、今のうちに日頃の恨みを発散しておかねば。

「そんな感じ悪かった？」

「うん、悪かった」

「そんなつもりはないんだけど。俺、人見知りなんだよな」

あの態度の理由が人見知りって。もうちょっと人見知り方があるでしょうよ。

緊張するようなタイプに見えないと思っていたのに、やっぱり最初は郁也も緊張していたのかな。わかりにくいなあ、もう。

「あと、目つき悪いのは目が悪いから。こう、目細める癖がついてて」

言いながら両目を細める。別に今やらなくてもいいのに。でもなんか、ちょっと可愛い。

「コンタクトすればいいじゃん」

「コンタクト苦手。昔一回だけ挑戦してみたけど、痛くて涙止まらんかったし」

泣いたんだ。郁也が泣くところなんてまったく想像がつかない。でもなんか、ちょっと可愛い。

「眼鏡かければいいじゃん」

「運転する時は眼鏡かけてるよ」

運転するんだ。車持ってるのかな。それは想像つくかもしれない。ちょっと、かっこいい。

「普段からかければいいじゃん」

「俺、眼鏡マジで似合わないんだよ」

似合わないからかけたくないって。なにそれ。なんか、ちょっと可愛い。

眼鏡姿も見てみたい。本当に似合わなかったら、思いっきり笑い飛ばしてやろうか。

「あ、あと、ひとつのことにしか集中できないっていうか。集中すると周り見えなくなるし、確かにちょっと感じ悪くなってるかも」

「それは知ってる。こう！って思ったら一直線っていうか。浮気とかできなそう」

「はは。友達にも、浮気したら即バレるタイプだって言われたことあるな」

確かに、嘘をついたり隠し事をしたりはあまり上手じゃなさそうだ。ちょっと可愛い。

……ちょっと待って。

私はなにを考えてるんだろう。可愛い可愛いかっこいいって。まさか口に出してなかったよね？

でも待てよ、男友達に『可愛い』とか『かっこいい』とか言ったことくらいあるし、そんなに焦ることでもなかったような。

私の焦りをよそに、まったく気にしていないらしい郁也は「次はなに飲もうかな」とメニュー表をまじまじと見ていた。

悩んだ末にまたハイボールを選んで、ついでに私のレモンサワーも注文してくれた。けっこう酔っぱらっていそうなのに、それでも気が利くところは変わらないらしい。

「そういえば、フミって『花束』が好きなの？」

「好きだけど、なんで？」

「なんでって、最初に言ってきたから」

「ああ、『花束』なら誰でも知ってるだろうなと思ったんだよ。ｂａｃｋ ｎｕｍｂｅｒの曲は全部好き」

「え？　私も！　ファンクラブ入ってるし！」

「マジ？　俺も入ってるよ」

　私はｂａｃｋ　ｎｕｍｂｅｒがメジャーデビューした頃からの大ファンで、動画投稿に頷いてしまった大きな理由でもある。初めて話しかけられた日、郁也が口に出したのが違うアーティスト名だったら、もしかすると今こうして一緒にいることはなかったかもしれない。どちらにしろ郁也に丸め込まれていた気もするけれど。

　郁也に最初に聞かれた時は、単に人気バンドの名前を出したのかと思っていた。そうじゃなかったことが素直に嬉しい。ファンクラブに入っていて全曲好きなんて人と会ったのは初めてだ。

　さらにテンションが上がった私は、アルバムやカップリングの曲もいいよね、歌詞が心に染みるよね、ワンフレーズ目からドカンとくるよね、二番の歌詞がさらに深いよね、とまくしたてるように話し続けた。

　さすが『全部好き』と言うだけあって、私が口にした曲名も歌詞も全部知っていた。途中からは郁也も私に負けじと熱く語り出した。

　遅い時間にエンジンがかかってしまった私たちは、夢中になって話し続けて、気付けば終電の時間をとっくに過ぎていて。やっぱり栄まで行かなくて良かったねと笑い合った。

「じゃあさ、ｂａｃｋ ｎｕｍｂｅｒの曲、全部制覇（せいは）するか」

「え？　全部？」

「だって俺、何曲かだけなんて選べねぇもん」

それは私もだけど。

私が驚いているのはそこじゃなくて、一曲だけ撮影して投稿したら終わりだと思っていたのに。

いつまで動画投稿をするつもりなのか、と出かけた言葉を飲み込んだ。あっさり「じゃあ今回だけにしとくか」と言われるのは嫌だったから。

動画投稿を続けるのなら、今まで通り週二、三回のペースで会うことになるのかな。そうか、これからは飲み友達になるのか、どれくらいの頻度で誘えばいいのか、なんて悩まなくても良かったじゃないか。

大学卒業まで約二年。せめてその頃までは、こうして一緒にいられるのだろうか。

名前のない関係

夏休みに入ると、週に二、三日だったはずの練習日はほぼ毎日になった。家が近所なのをいいことに、突然「バイトが早く終わった」と連絡がきて呼び出される日もあった。

郁也はバイトとギター以外にやることがないのだろうか。大学で見かける時はいつも誰かと一緒にいて、たまに大勢の人に囲まれていたりして、友達が多いのだと思っていたのに。連休中に頻繁(ひんぱん)に遊ぶような友達が彩乃くらいしかいない私は、あまり人のことは言えないけれど。

練習場所は変わらずカラオケと、講義室の代わりに郁也の家になった。

郁也のマンションは決して防音ではない。そんなこともお構いなしにギターを弾く郁也に近所迷惑じゃないかと言ったら、「下手なギターなら迷惑だろうな」と返されて、もうなにも言わないことにした。

苦情がきたとしても私の部屋じゃないし。あれ、でも一緒にいる時に苦情がきたら、私も謝らなきゃいけないのだろうか。それは少し癪だけれど、まあ、いいか。

初投稿をするまでに二ヶ月もかかったし、今後もそれくらいのペースで投稿するのだろうか。でも練習日が増えるなら動画投稿の頻度も上げるのだろうか。

そう思いきや、郁也は投稿の頻度よりも完成度を上げたがった。おかげで郁也の注文はどんどん増えていくばかり。

『腹から声出せ』『高音を声量でごまかしてるように聞こえる時がある』『高音をもっと静かに、柔らかく歌ったりできねぇの？』

難易度がどんどん上がっていく。素人の私にそんなことを言われても困るのに。

私は褒められて伸びるタイプだから、その場から逃げ出してしまいたいのは山々だけれど、根性なしと思われるのが嫌で耐え抜いている。二十一年も生きているのに、自分が負けず嫌いだったことを初めて知った。

お互いのスマホにはｂａｃｋ ｎｕｍｂｅｒの曲が全曲入っていて、練習の合間にはいつも曲を流していた。

同じ物をずっと食べていたら飽きるように、同じ曲をずっと聴いていれば飽きがくる。けれど私たちは、飽きることなくずっとｂａｃｋ ｎｕｍｂｅｒの曲ばかり聴いていた。そして飽きることなく、毎日のように一緒にいた。

出会ったばかりの頃は郁也の強引さや勝手さに時々文句も言っていたのに、どんなに振り回されても文句を言わなくなったのは、純粋に楽しいと思うようになったから。

歌の練習をすることも、動画を撮影することも、完成した動画を一緒に観ることも、帰り道に他愛のない話をすることも。郁也と一緒に過ごす時間がとにかく楽しかった。

今となっては郁也から連絡がくるのを待つようになっていた。

それどころか、たまに連絡がこなかった日は落胆してしまうようになっていた。


十月の名古屋は、梅雨から真夏にかけて街に充満した湿気を枯らしきってはくれなくて、昼間は半袖でも平気なくらいだった。今年は特に記録的な猛暑だとニュースで連日取り上げられていた。

せっかく買った秋服が無駄になると嘆いていたら、下旬になると急激に肌寒くなり、十一月の半ばにはすでに冬の気配を感じさせていた。

季節は変わりゆくというのに、私と郁也はなにも変わらないまま動画投稿を続けていた。

「ユズ、見ろ！　ちょっとずつだけど再生数伸びてきてる！」

ひとつだけ変わったことを上げるとするならば、最近は郁也との物理的な距離が近くなった。

マットレスを背に並んで座っていた郁也が、右手に持っているスマホの画面を私に見せた。郁也の左肩と私の右肩の隙間は一ミリもない。

こうして肩や膝が当たることは珍しくないし、ふいに頭を撫でられることもある。

初めて抱き締められた日からなのか、郁也の家にくるのが当たり前になったくらいからなのか。ハッキリとは覚えていないけれど、最近の郁也は私に触れることをあまりためらわなくなった気がする。

その度に私がふと頭によぎってしまう思考を、郁也はわかっているのだろうか。いや、たぶんわかっていない。

「ほんとだ！　嬉しいけど、ちょっと恥ずかしいね」

「そう？　俺は嬉しいしかないけど」

だから私も、なにも気にしていないフリをして笑う。

たまたま隣に座っていて、たまたま肩が当たっただけ。ただ、それだけ。

郁也は音楽のことになるとストイックで妥協を許さない。早く歌いたい曲がたくさんあるのに、郁也が納得できるまで何度も練習を重ねてから撮影に挑むので、ひとつの動画を完成させるのに一ヶ月はかかっていた。

「次はなに歌う？」

「私『僕の名前を』歌いたい。すごい好き」

「いいね」

郁也はいつまで動画投稿を続けるつもりなんだろう。

大学卒業までかな。全曲制覇すると話していたのは本気なのかな。一曲に一ヶ月かかるとしたら全曲制覇するのに何年かかるかわからない。あの時は酔っていたから深く は考えずに頷いてしまった。

全曲って、今のところ何曲あったっけ。

まあ、別に何年かかってもいいけれど。

＊＊＊

「ユズー！　動画観たよ！」

練習を終えた私を講義室まで迎えにきた彩乃が「お疲れ！」と私の肩に手を回した。今日は彩乃と飲みに行く約束をしているので、郁也は「またな」と私の頭にポンと手を乗せてから去っていった。

動画投稿をしていることは彩乃にだけ報告していた。彩乃は私に動画投稿を勧めた張本人なわけだから、報告せざるを得なかったと言った方が正しいけれど。

「あたしやっぱりユズの歌声好きだなぁ。それにいい曲ばっかりで、あたしもｂａｃｋ ｎｕｍｂｅｒのファンになってきた」

「でしょ？　いいでしょ？　アルバム貸そうか？」

「貸して貸して！」

動画を観てくれることと同じくらい、彼らの良さを共有できる人が増えていくことが嬉しかった。もっともっと、こういう人が増えてくれたらいい。

大学を出て、家に帰ることなく地下鉄名城線に乗って栄まで行く。郁也は移動するのが面倒だからひとつのお店でまったり飲みたい派だけれど、彩乃と私は何軒も居酒屋やバーをハシゴしたい派だから、彩乃と飲みに行く時はだいたい栄まできている。

金曜日はカラオケのフリータイムで始発を待つのがお決まりなので、終電の時間を気にすることもない。

「フミくんとどうなの？」

三軒目のダイニングバーでスパークリングワインを飲みながら彩乃が言った。

「なにが？」

「なにが？って……付き合ってないの？」

動画投稿を始めて四ヶ月。こう聞いてくるのは彩乃だけじゃない。最近は練習後に飲みに行ったりすることも増えたから、郁也と一緒にいるところを見られることもあって、その度に『付き合ってるの？』と聞かれた。

それに、顔出しはしていないものの郁也がもともとＳＮＳに投稿していたことは有名なので、今は私と動画配信サイトへ動画投稿をしていることに気付いた人が少しずつ増えていた。

それ以前にサークルの飲み会で大勢の前で堂々と誘われたわけだし、噂が広がるのも無理はない。

「付き合ってないよ」

彩乃と同じ物を喉に流して答えた。

グラスを置いて頬杖をつくと、少し頬がほてっていることに気付いた。スパークリングワインって飲みやすいからつい飲みすぎてしまう。今日はすでに二本目のボトルが空になろうとしていた。

一軒目の肉バルと二軒目のおでん屋でも絶え間なくお酒を飲み続けているから、さすがにお酒が回っているようだ。彩乃も頬を真っ赤に染めて、大きな目がトロンと垂れている。

「さっき当然のように頭ポンってされてたじゃん」

「あれは……癖？　なのかな？」

「……そんな癖ある？　家行ったりもしてるんでしょ？」

「行ってるけど、練習して飲みに行って帰るだけだし」

本音を言えば、最初は家に行く度に少しだけ緊張していた。

初めて行った時は動画編集をして終わったけれど、最近は練習の合間にスマホで一緒にｂａｃｋ　ｎｕｍｂｅｒの動画を観たり全然違う動画も観たりするようになった。

私も恋愛経験がないわけじゃないから、男の人の部屋に行けば〝そういうこと〟があるとか、可能性があることとくらいわかっている。実際に、もしかしてなにかされるのかな、とか、今そういう雰囲気かもしれない、とか、思うこともあるのだけれど。

私の単なる勘違いなのか、どんなに物理的な距離が近くなっても、郁也に〝そういうこと〟をされたことは一度もない。だからもう最近では緊張するだけ無駄だと学んで、同じ部屋にいても至って平常心だ。正確には、必死に平常心を保っているフリをしている、と言った方が正しいかもしれない。

「ええー、じゃあ友達？」

そうか。人と人との関わり合いには名前が必要なのか。

だとしたら、私たちの関係はいったいなんなのだろう。

友達……なのかな。関係性を言葉で表そうとした時に、家族か恋人か友達という選択肢しかないのなら友達ということになる。でもこうして普通に話したり遊んだりすることを〝友達〟の定義とするならば、私と郁也はそうじゃないような気もする。

いや、今はもう普通に話したり遊んだりするようになったし、友達なのだろうか。

なんだかしっくりこない。変なの。

「私もよくわかんない」

「なにそれ」

……あれ？　ちょっと待って。

男の人の部屋に行くのがどういうことかわかっているのに、私は呼ばれる度になんの躊躇もなく行っていて。もし本当に郁也が〝そういうこと〟をしようとしたら、私はどうするのだろう。

それなりに経験を積み重ねてきたし、そういうつもりじゃなかったのに！　なんて言うほど子供でも純情でもなければ小悪魔でもない。

つまり私は――。

「そ、そんなことより、早くカラオケ行こう。もうフリータイム始まってるよ」

頬だけじゃなく顔全体がカアッと熱くなったのは、一気に喉に流し込んだスパークリングワインのせい。

これからは、ふたり

『僕の名前を』の撮影を終え、郁也は私の隣でサクサクと動画の編集を進めていた。

撮影だけは毎回スタジオを借りてやっている。毎回同じ場所ではなく、曲の雰囲気に合ったスタジオを郁也が探してくれていた。

それは名古屋市内だったり、郁也の地元である豊橋まで行ったり。もともと公共交通機関があまり好きじゃないらしい郁也は、私を助手席に乗せて車で向かうことも度々あった。

初めて郁也の眼鏡姿を見たけれど、別に似合わなくなかった。むしろ普通に似合っていたし、なんならいつもと雰囲気が違って私の心臓はひどく騒がしかったし、笑い飛ばしてやることはできなかった。

「ひとり暮らし、寂しくないの？」

今日も私の目は、意志に反して郁也の横顔を映していた。

黙ったままぼうっとしているせいだと思った私は、時々こうして郁也に話しかけるようになった。黙々と作業をしている時でも、話しかければ普通に答えてくれることがわかったから。

「別に」

まあ、この上なく空返事ではあるのだけど。

雑音があると集中できないと言ってテレビはつけてくれないし、郁也の部屋には音楽雑誌しかないし、ｂａｃｋ ｎｕｍｂｅｒの記事は全て読み尽くしてしまったし。

つまるところやることがなく暇なので、例え空返事しか返ってこなくても、何時間も黙ったままじっとしているよりはマシだ。

「そっか」

寂しくないのか。

実家から離れたことのない私からしてみれば、ひとり暮らしは尊敬に値した。帰っても家の中は暗くて、電気を点けても誰もいなくて、テレビを観る時もご飯を食べる時もひとりで。私はひとりの時間も好きだけれど、それは家の中に家族がいる上でのひとりであって。毎日家に誰もいないなんて想像しただけで少し寂しい。

でも豊橋ならいつでも帰れるか。それに大学へ行けば友達もいる。私が想像しているよりは寂しくないのかもしれない。

「実家でもずっとひとりだったし。今さらだよ。もう慣れた」

目線はパソコンの画面に向いたまま、右手はマウスに置いたまま言った。動画編集をしている時に郁也がひと言以上を返してきたのは初めてだった。

「え……？」

「うち、母親いないから。俺が中学の時に出ていった。父親は出張とか多くて忙しいから、あんまり家にいない」

言いながら、郁也は淡々と作業を進めていく。

郁也のそんな話を聞いたのは初めてだった。というより、お互いのプライベートなことはあまり知らなかった。一緒にいても主な話題は音楽か大学の話ばかりだし、なんでもない話をして笑っている時間が好きだから気にしたことはなかった。

「そう、だったんだ」

声は少しかすれていた。

当たり前に両親や兄弟がいた私にとって、あまり現実的に感じない話だった。郁也が淡々と話すから、余計に言葉に詰まってしまう。

いくつかの陳腐な言葉は浮かんだけれど、どれを言ったところで違う気がしてなにも言えなかった。

だって、〝一人〟と〝独り〟はきっと全然違う。

「……いや、マジで。気にしなくていいから。今さら気にしてないし」

まだ投稿が完了していないのに、郁也はパソコンの画面から隣で黙りこくっている私へと目線をずらして困ったように笑った。

気にしていないのは嘘じゃないと思う。それでも言葉が出てこない。

そんな私の頭をポンポンと軽く二回撫でた。

「あー……まあでも、憧れるよ。帰ったら『おかえり』って言ってくれる人がいて、あったかい飯あって。休みの日はキャッチボールしたり遊園地行ったり？　そういうベタなの」

そんなの、私にとっては当たり前のことなのに。

中学生の頃からずっと、帰っても『おかえり』って言ってくれる人がいなくて、温かいご飯がなくて、誰もいない空間でひとり過ごしていたの？

「それより、次はなに歌う？」

「え？」

身体もこちらに向けて、無意識に俯いていた私の顔を覗き込む。

「いや……なんていうか、母親が出ていったのも父親の仕事が忙しいのも、今はもうしょうがないって割り切れてるから。それより今はユズと動画撮るのが一番楽しいから、俺の昔話よりも動画の話がしたい」

郁也は編集していた画面をちらりと見た。

ほんとに楽しいんだよ、と付け足して、編集途中の動画を再生した。

『僕の名前を』のイントロが静かに流れていく。

「まだ春ソングはちょっと早いけど、フライングして『はなびら』の練習でも始める？」

胸がドキリと小さく音を立てた。それはいつもの、郁也といる時に度々感じるそれとは違う。胸の奥底に閉まっていたパンドラの箱が開いた音。

『はなびら』はメジャーデビュー曲だし、私がｂａｃｋ ｎｕｍｂｅｒを好きになったキッカケの曲だから、いつか歌いたいと思ってはいたのだけど。

「『はなびら』はちょっと」

「なんで？」

今日はまるで告白大会だ。出会ってから半年も経ったというのに、こんなにもお互いのことを知らないなんて。私たちは今までどれだけ他愛のない話しかしてこなかったのだろうか。

「初めて『はなびら』聴いた時に、昔すごい好きだった人のこと思い出して号泣しちゃって。だからなんとなく、まだ歌いたくないっていうか」

「そうなんだ。元彼とか？」

「ううん、片想いだったけど……サビの歌詞がすんごい突き刺さっちゃって、聴いた瞬間に号泣だよ、もう」

そういえば、私はいつから彼を思い出さなくなったんだろう。

彼を忘れられないと嘆(なげ)くことも彼を想って泣くことも、とうの昔になくなってはいた。それでもたまに思い出して胸がチクリと痛むことはあった。今久しぶりに彼のことを思い出してみても、胸が痛むことはなくて。

「そっか。まあ、大丈夫だろ。塗り替えりゃいいじゃん」

私は郁也の話にあんなに動揺したのに、郁也は私の話に顔色ひとつ変えていない。単なる昔の失恋話だし、別に動揺してほしいわけでも同情してほしいわけでもなかったけれど。

ああ、なるほど、私の恋愛話をそんなどうでもよさそうに聞くのね、と思っただけで。

「塗り替えるって？」

「今までの曲もこれからの曲も全部、俺との思い出になるから大丈夫」

「……なにそれ、どういう意味？」

「だってお前、俺のこと好きじゃないの？　ていうか、これって俺ら付き合ってんのかな?とか思ってたんだけど」

なにを言ってるんだろう。

俺のこと好きじゃないの、なんて外したらめちゃめちゃかっこ悪いと思うし、付き合う付き合わないの話なんて一度たりともしたことがない。

自分の家庭環境の話にも私の恋愛話にも顔色ひとつ変えなかったくせに、郁也は今、眉間（みけん）にしわを寄せて首をかしげている。

なにその困った顔。可愛い。

「あれ？　違う？　だとしたら俺ヤバくね？　当然のようにしょっちゅう呼び出したり家入れたりしちゃってるじゃん」

こいつは俺のことが好きなんだろうなと思いながら平気で家に呼んで、付き合っているのか疑問に思いながら物理的な距離を縮めてきたのか。疑問に思っていたのなら『俺らって付き合ってるの？』とでも私に聞けばいいじゃないか。

自惚れるなと言ってやりたいところなのに、どうしてだろう。

「……好き」

身体が勝手に動いたわけではなかった。

ずっと前から自分の中にある感情の名前がやっとわかって、それはごく自然に言葉として鳴った。

ああ、そうか。私、郁也のことが好きだったんだ。

口に出してみると、まるでそれが当たり前だったみたいに、なんの違和感もなくすうっと私の中に溶け込んで、やっと心と身体がひとつになったような気がした。

意志に反して身体が勝手に動いてしまう理由も、うまく説明ができなかったその他もろもろも、そのたったひと言で全て解決するのだと気付いた。

「私、フミが好き」

一緒にいる空間が温かくて、郁也が奏でるギターの音が心地よくて、いつからか、もっともっと一緒にいたいと願うようになっていた。彩乃や友達に聞かれる前からずっと、この関係性に名前がほしいと思うようになっていた。

でもそれは友達じゃ嫌だった。

それが〝好きだから〟だと気付くまでに半年もかかるなんて、私はいつの間にこんなに恋愛音痴になっていたのだろう。

いや、私はたぶん、出会った時からわかっていた気がする。

きっと、彼を好きになるだろうな、と。

「そっか。良かった」

目尻を下げて微笑んだ郁也は、大きな右手でそっと私の頬に触れた。

頭を撫でる時よりも優しく、ギターを愛でる時よりも愛おしく。

包み込むようなそれに安心した私は、ゆっくりと目を閉じた。

第二章

穏やかに流れゆく日々

年明けから本格的に始まった就活は、想像を絶するほど大変だった。

特に希望職種が定まっていない、歌うこと以外に趣味も特技もない。自己分析や自己ＰＲや将来設計なんて一番の苦手分野。そんな私はこれでもかというほど厳しい現実を叩きつけられて、満開だった桜が緑に変わっていく頃には早くも心が折れかけていた。

人生に少しでも余裕を持つためにとりあえず大学へ行っておこうと思っていただけで、将来について深く考えることもなくのらりくらりと大学生活を、いや人生の大半を過ごしてきたのだ。そんな私に『学生時代に頑張ってきたことは？』『その経験から得たことは？』なんて聞かれても困る。

インターンシップには何度か参加したけれど、どの業種にも興味を惹かれることはなく、やりたいと思える仕事に出会うことはなかった。そんな私に『当社の弱みをどう認識しているか？』『この会社に入社した時、十年後の目標を具体的にどうぞ』なんて言われても困る。

『これまでに最も苦労した経験と、それをどのように解決したか』と聞かれた時、『今まさに最も苦労しているので、御社が内定をくれたら解決します』とでも答えたら内定をくれるだろうか、と考えてしまったほど途方に暮れていた。哀れみでもなんでもいいから、とにかく一社でも内定がほしい。

『back numberの素晴らしさは？』と聞いてくれたら、いくらでもプレゼンできるのに。

『大学　就活　面接』とネットで必死に調べながら面接に挑んでいるというのに、企業からの返事は不採用通知として返ってきた。

もしかしたら私は、面接でなにか変なことを口走っているのだろうか。それとも人間的になにか欠陥があって、それが全身から滲み出ているのだろうかと被害妄想に駆られてしまう。

そんな私とは裏腹に、郁也はサクサクと就職先の目星をつけて、すでに何社か内定をもらっていた。ギターばかり弾いているくせにずるい。

就活に専念したいから動画投稿のペースを落としてほしいと言っても頷いてはくれなくて、代わりに面接のコツや自己ＰＲの仕方などを教えてくれた。

初めて真剣に将来の話をする郁也は、将来設計もしっかりとできていて。集中すると周りが見えなくなるとかなんとか言っていたくせに、意外と要領がいいらしい。

「フミくんとどうなの？」

付き合っていないから聞いてくるのだと思っていたけれど、彩乃は今でもこうして定期的に聞いてくる。どうなのもなにも、私たちは付き合い始めてからも相変わらず。

「普通だよ。音楽の話ばっかりしてるし、一緒にいる時もフミはギターばっかり弾いてる」

「ええー、なにそれ。あたし嫌だ、そんなの」

「そう？」

郁也が『歌って』と言うから私はいつも歌っていて。そのうち『歌って』と言われなくても、郁也がギターを弾き始めたら自然と歌うようになった。言葉にしなくても通じ合っているような空間が好きだった。

郁也といると時間が経つのがあっという間だったはずなのに、最近の私たちの間に流れている時間は、とてもゆったりとしたものに変わっていた。

「喧嘩（けんか）とかしないの？」

「あんまりしないなあ」

「そうなんだ。仲良さそうだもんね」

付き合い始めてからの郁也は、ギターを持っている時でも笑っていることが多くなって、前みたいに怒られることはずいぶんと減った。

たまに些細（ささい）なキッカケでくだらない喧嘩をすることもある。でもしばらくすると郁也が何事もなかったかのように話しかけてきて、私もつい普通に答えてしまって、最終的にはふたりで笑い合っていた。

郁也は付き合う前よりもずっと優しくて、大切にしてくれていることが伝わってくる。

そう、大切にしてくれていることはわかっている。それでも少し不安になる時もある。なぜなら郁也は、前に彩乃が言っていた通りけっこうモテるからだ。


今日の午後イチは講義がないので、混雑する昼休みを避けて学食へ向かった。

空いているおかげで目にしたくない光景をたまに見てしまう。

「あ、噂をすればフミくん……と、サナちゃん」

いつも郁也と一緒にいる、同じ学部の男の子たちと四人でテーブルを囲んでいる郁也と、彩乃いわく今年新しく軽音サークルに入った一年生の女の子たち。

もともとSNSでギター演奏の動画投稿をしていた郁也には特定のファンがついていると彩乃から聞いていたけれど、動画配信サイトへの投稿を始めてからさらにファンが増えたらしい。

真ん中で積極的に郁也に話しかけている女の子は、彩乃いわく『斉藤(さいとう)サナ』さん。

郁也は隣に立っている斉藤さんを椅子に座ったまま見上げていて、私に背中を向けた状態だから、そろりそろりと少しずつ近付いている私の存在には気付いていない。

「フミ先輩、今日はなに食べますか？」

「奢り？」

「違いますよ！　でも、デートしてくれるなら奢ります」

「デートはしないけど、買ってきて。Ｂ定食」

言いながら、財布からプリペイドカードを出して斉藤さんに渡した。

いやいやいや、自分で動けよ。『フミ先輩』とか呼ばれちゃってるじゃん。『デートしてくれるなら』とか言われちゃってるじゃん。絶対郁也に気あるじゃん。『デート』なんて単語が出なくても丸わかりなくらい、めちゃめちゃ狙われてるじゃん。

「ユズ、落ち着いて。深呼吸、深呼吸」

彩乃が、いつの間にか拳を握り締めていた私の肩に手を乗せる。

「フミくん、前にも増してモテてるから……。でもちゃんと断ったんだし、心配することないよ」

わかってる。郁也は浮気なんてする人じゃない。なにより彼女は私なんだからなにも心配することはない。

郁也はいつも誰かに囲まれている。そんな郁也を羨ましくも思うし、憧れでもあるし、誇りでもある。なんとなく人を惹きつけるような雰囲気もある。私はまさになんとなく惹きつけられてしまったうちのひとりだからよくわかる。

郁也からプリペイドカードを受け取った斉藤さんは、ルンルンとスキップをしながら友達を連れて券売機へと向かった。

実際には学食でスキップなんてしているわけがないのだけれど、私にはそう見えた。なんなら彼女の周りには小花が舞っているようにも見えた。私はいつから幻覚が見えるようになってしまったのか。

くるりと振り返って友達の方に身体を向けた郁也は、その奥にいる私に気付いた。目が合うと、なぜ身体がピクリと強張った。

「ユズ」

大きな手をひらひらと振る郁也に、小さく手を振り返した。

郁也とは練習日以外に大学内で話すことはあまりない。たまに見かけても郁也は友達といるし、私も私で彩乃や他の子といるから、今みたいに手を振り合って終わり。夜になれば会えるから、わざわざ大学内で話しかけることもないかなと思っていた。

だからいつものようにそのまま彩乃と別の席に座ればいいのに、混雑を避けてきたおかげで席は選び放題なのに、なぜか私は金縛りに遭ったみたいに動けない。

……違う。身体が動かないなんて言い訳で、私はその先を見たいだけだ。自分のことを狙っている女の子に対して、郁也がどういう対応をするのかが気になるんだ。

Ｂ定食が乗っているお盆を手に戻ってきた斉藤さんも私に気付いて、そのまま三秒ほど停止した。ぺこりと頭を下げた私に返してくれることはなく、郁也に顔を向けてにっこりと微笑んだ。

「これ、奢りです。デートしてくれますか？」

おいおいおい。目の前に彼女がいるのに、よくそんなこと言えるな。

……待て待て私。なにを自惚れているんだろう。私たちは人前で一緒にいることなんてないに等しいのだから、私が彼女だということを斉藤さんが知らない可能性だってじゅうぶんにある。

私が頭を下げたことに気付かなかったのかもしれないし、自分にそうしていると思わなかったのかもしれないし、単に知らない相手だから無視したのかもしれないし。

あらゆる可能性があるのに、なかなか就職先が決まらないストレスで卑屈（ひくつ）になっているのだろうか。

「お前が勝手に金出しただけだろ」

「ええーっ」

「優しい後輩持って良かったよ。いただきます」

デートをキッパリと断ったのは花マルだけれど、できればもう少し言葉を足してほしい。『彼女に悪いから』とか『彼女を不安にさせたくないから』とか『彼女としかデートしたくないから』とか。とにかく、なんでもいいから『彼女』というキーワードを出してほしい。

斉藤さんほど積極的ではないものの、郁也のことを狙っているらしい後輩の女の子は他にもいる。だから最近はこういう場面を見る度にこんなことばかり考えてしまう。そしてその度に、私って面倒な女だったんだな、と軽い自己嫌悪に陥ってしまっていた。

幸せの理由

郁也と出会ってから一年が過ぎ、空が梅雨入りの準備を始めた頃。

いろいろな人のアドバイスを参考にしながら面接を受け続け、中小文具メーカーの企業からついに念願の内定を獲得した。

「内定！　出た!!」

「おめでとう～!!」

私より少し先に内定をもらっていた彩乃に抱きついて、研究室のど真ん中でキャーキャーと喜びを分かち合った。

郁也はいくつか内定が出ていたうちの、大手自動車メーカーの営業職を選んだ。

単位だけはしっかり取っていたおかげでもう講義はほとんどないけれど、卒論があるので大学には時々こなければいけない。就活でろくに研究ができていなかった私は、卒論の準備なんかまったくできていない。

地獄の就活が終わったと思えば、次は卒論で地獄を見ることになる。残り少ない大学生活を満喫したいのに、四年間のらりくらりと大学に通っていたツケが今ドカッと一気に降りかかっているわけである。

学食で斉藤さんと目が合ったのは、そんな大学生活最後の日々が足早に過ぎていき、短すぎる冬休みが明けて卒論の発表を目前に控えた頃。

毎日きているわけじゃないのに、他にも学生はたくさんいるのに、どうしてピンポイントで会ってしまうのだろう。

たまに会っても私をスルーして郁也の元へ走っていく彼女は、にっこりと微笑んで私の目の前に立ちはだかった。正確にはただ目の前に立っているだけなのに、立ちはだかっていると感じてしまった。

私は就職先が決まってもなお卑屈になっているのか。今度は卒論のストレスだろうか。

「フミ先輩、今日もきてるかなあ？」

「え？」

「あたし、いつもフミ先輩のご飯買う役なんです。今日もきてるなら、買ってあげなきゃと思って」

なんだ、私が彼女だって知っていたのか。だとしたら、前に見かけた時も今も、喧嘩を売られているわけだ。

今日もきてるかなあ？って、たった今大学にきたばかりの私にそんなこと聞かれても知るはずがない。郁也とはマメに連絡を取り合っているわけじゃないから、今日の予定なんて知らない。

「まあ、パシリに使われてるだけなんですけどね」

甘い声を発する口元に軽く握った手を当てて、上目遣いで首をかしげた。

そうなんだ、いつもありがとね、と笑顔で返して彼女の余裕を見せてみようか。それとも、パシリに使われてるだけなのにずいぶん嬉しそうだね、とでも返してみようか。

どちらも笑って言えそうにはなくて、抑揚のない声で「そうなんだ」とだけ返した。

挑発的を通り越して、もはや戦闘態勢万端に見える。これはたぶん私が卑屈になっているわけじゃない。

「あ、そういえば、フミ先輩に『ごちそうさまでした』って伝えてもらえますか?」

「え?」

「こないだ、飲みに連れていってもらったんです。聞いてますよね?」

なにそれ。そんなの知らない。なにも聞いてない。

ドクドクと鼓動が速まって、じわじわと体温が上がっていく。それは郁也といる時のような心地いいものではない。郁也といる時のそれがさざ波だとしたら、今はテトラポットを粉々に砕いてしまいそうなほどの荒波だ。空は漆黒の雲に覆われていて、今にも雷雨が地上に襲いかかりそう。

「……聞いてないけど」

「そうなんだあ。彼女さんなら、なんでも知ってるんだろうなって思ってました」

ダメだ。イライラする。

言い返してやりたい。でも相手は三歳も年下の女の子だし、それはそれでかっこ悪い気がして。

「本人に直接言えば？」

なんとか絞り出した声は苛立ちや不快感を隠しきれていなかった。上目遣いで見つめてくる斉藤さんを、今度は私が無視してその場をあとにした。

挑発に乗っちゃダメだ、笑って受け流せばいい、彼女は私なんだから堂々と構えていればいいとわかっているのに、年下の女の子からの挑発にまんまと引っかかってバカみたいだ。


またお昼ご飯を食べ損なってしまった。

今日もいつかのように身体が空腹を忘れ去ってしまってくれたらいいのに、ぐぅぐぅと鳴るお腹が私の苛立ちに拍車をかける。

郁也から『十六時に講義室』と連絡がきたのは、十六時になる三十分前だった。もう帰るところだったのに、もっと少し早く連絡してほしい。ちょうど帰る支度が終わったところだから、タイミングがいいといえばいいのだけれど。

当然のように呼び出すということは、私が大学にきていることを知っているのだろうか。どこかで見かけたのかな。それとも、斉藤さんにでも聞いたのかな。

ギターを弾いても俯いたまま歌わない私を見て、手を止めて怒ることなく首をかしげた郁也の姿が視界の端に映った。

「ユズ？」

顔を上げることができない。せっかく一緒にいるんだから笑っていたいのに、歌いたいのに、胸にかかっている深く濃い靄がそうさせてはくれない。

「……斉藤さんと飲みに行ったって、本当？」

出した声は自分でも驚くほど小さく低く、そして抑揚がなかった。なるべく平静を装って聞こうと思っていたのにできなかった。彼女の挑発するような上目遣いと甘い声が脳裏に浮かんでしまったから。

「斉藤……？　ああ、行ったけど、なんで知ってんの？　俺言ったっけ？」

ああ、雷が何重にも重なっている漆黒の雲を突き破った。

束縛をするつもりはないけれど、女の子と、しかも明らかに自分に気がある子と飲みに行くのはどうかと思う。

どうしてそんなに平然と私の前にいられて、顔色ひとつ変えずに答えられるんだろう。

「ユズ？　なに怒ってんの？」

困ったように笑って私に問いかけながらも、指先はギターの弦を弄んでいて。

真面目に聞いているのに、怒っているのに、そんな態度の郁也に苛立ちが増幅していく。私の心の中にあるイライラゲージが具現化されたとしたら、今確実にメーターを振り切って爆破し、木っ端微塵になった破片がメラメラと燃え盛っている。

「怒るよ！　バカ！」

郁也のギターで歌う時間がなによりも好きなのに、ワンフレーズすら口にすることのないまま、トートバッグを持って講義室を飛び出した。

「ムッカつく！」

私が叫ぶと、正面に座っている彩乃がビクッと小さく跳ねた。

激しい雷雨が止むことも燃え盛っている炎が鎮火することもなく、つい一時間前に解散した彩乃を呼び出した。今日は一刻も早くアルコールを体内に流し込みたくて、地下鉄で栄まで移動することなく、本山駅前の海鮮居酒屋に集合した。

理不尽極まりない八つ当たりを受けたビールジョッキは、動じることなくツンと立っている。もうすでにほとんど空になっている中身がこぼれることはなかった。

「なんなの⁉　あの女！　喧嘩売ってんの⁉」

「う、うん。わかるよ。それはムカつくよね」

郁也にぶつけられなかった怒りを、ビールジョッキとテーブルと彩乃にぶつける。

郁也にもぶつけたといえばぶつけたけれど、私の怒りを今運ばれてきた刺身盛り合わせに例えるのなら、ぶつけたのは隅っこに添えられているワサビ程度のものだ。

沸騰した頭の中にかすかに残っていた小さな小さな理性が、お皿からお刺身やツマが全てこぼれてしまわないよう必死にバランスを取ってくれた。

その小さな小さな理性は、郁也の話もちゃんと聞かなきゃ、と講義室を飛び出した私にささやいていて。けれど私はバタンと閉めたドアをもう一度開けることはせずに、理性を意地でかき消して逃げ出したのだ。

もしかしたら、郁也にもなにか断れない事情や言い分があったのかもしれない。

でも今は、思いきり愚痴を言って、同意して、欲を言えば一緒に怒ってほしかった。

あんな状態で戻ったところで、こんな気持ちじゃ歌えないし、郁也の言い方や言い分によってはきっと余計に責めてしまう。いつもなら気にならないような郁也の言動も、今の私には癇に障ってなにかひどいことを言ってしまいそうだから、沸騰した頭をアルコールで冷ましたかった。

それから延々と郁也と斉藤さんの愚痴を言い続ける私を彩乃がなだめ続ける。

いつもの倍近いペースで飲み続けていたから、一時間が経つ頃には冷めた怒りの代わりに罪悪感が押し寄せていた。

「ああーもう……こんなことで怒る自分が一番嫌だ」

空になったジョッキを持ったままテーブルにうなだれると、彩乃は私の後頭部にそっと手を置いて「それだけ好きってことじゃない？」と言った。

そうか、あんなことであんなに怒ってしまった理由も〝好きだから〟のひと言で解決するのか。

嬉しかったり楽しかったり、寂しかったり怒ったり。郁也の言動ひとつでこんなにも喜怒哀楽（きどあいらく）の全てが動かされる。どこか懐かしいこの感覚も、長らく恋愛から遠ざかっていた私にとっては正直少し疲れるものだった。

《今どこ？》

ラストオーダーで注文したレモンサワーを飲み干したタイミングでピコンと鳴ったスマホの画面には、メッセージが浮かび上がっていた。

「フミくん？」

「う、うん」

なんてタイミングがいいのだろう。今日大学で突然呼び出された時も今も、まるで私の姿が目に見えているみたいだ。

そういえば、動画撮影を断っていた頃にもこんなことが何度かあった。私がどこへ逃げても目の前に現れていたっけ。彩乃が密告でもしているのかと思っていたけれど、違ったのかもしれない。

今日も、私を見かけたわけでも斉藤さんか誰かに聞いたわけでもなく、もしかしたら郁也は私の行動を監視しているのだろうか。

キョロキョロと店内を見渡して、あるわけのない監視カメラを探す。私を不審な目で見ている彩乃に気付き、「なんでもない」と呟いてスマホに目線を戻した。

居酒屋の名前を返せば郁也は私を迎えにくるのだろうか。それとも私を家に呼び出すのだろうか。それとも、ただの生存確認？

なんて返せばいいのかわからない。アルコールのおかげで苛立ちがすっかりおさまった代わりに思考回路を支配されてしまったから、うまく話せる自信がない。できれば明日まで待ってほしい。

店員からの「早く出ろ」という無言の圧を背中に感じながらもスマホを持ったまま硬直していると、再びメッセージが送られてきた。

《着いた》

ビクッと身体が跳ねた。

着いたって、どこに？　もしかして、ここに？　どうして居場所がわかったの？

やっぱり監視カメラが……？

彩乃はまたキョロキョロと店内を見渡す私に再び不審な目を向けることはなく「監視カメラとかないから」と呆れ顔をした。

郁也は私の行動が見えているようだけど、彩乃は私の心が読めるのだろうか。

「あたしがフミくんに連絡しただけだから」

「え？」

「ユズが悪酔いしてるから迎えにきてって、さっき連絡したの」

「そう、なんだ」

なんだ、犯人は彩乃だったのか。

身の毛もよだつほどの恐怖で数年分は縮まった私の寿命を返してほしい。

まあ別に、本気で監視カメラを探したわけではないし、本当はそこまで泥酔していたわけでもない。ただなんとなく、訳のわからないことを言いたい気分で、なんなら記憶も飛んでしまうほど酔いたいと思っただけで。

お酒が強くて羨ましいとよく言われるけれど、こういう時、もっとお酒が弱かったらなあと思う。酔った勢いで郁也に全部ぶつけて、酔った勢いで素直に謝れたらいいのに。

彩乃に腕を引かれてお会計を済ませると、さっきまで私に無言の圧をかけていた店員は「ありがとうございました！」と張り付いた笑顔で送り出してくれた。私にもそのスキルがあれば斉藤さんに笑って言い返せたのだろうか。

外に出ると冷たい風がぴゅうっと身体を包んで、さらに酔いが覚めてしまった。そういえば、大寒波がくるとかなんとか、朝のニュースで言っていたっけ。

出入口の横にある木製のベンチには、鼻の頭を赤くした郁也が座っていた。

「じゃあね」と彩乃が去ってからも、郁也となにを話せばいいのかわからない。

「お前、どんだけ飲んでたの？　……いや、そんなに酔ってなさそうだな」

そうか。彩乃でさえ私が本当に泥酔していると思っていたのに、郁也はちょっと見ただけでわかってしまうのか。

ベンチから立ち上がって、私の頬に手の甲をそっと当てた。

手が冷たい。少し赤くなってる。今日は雪予報になっていたほど寒いのに、ここまで歩いてきたのかな。私がうだうだ考えている間、外で待ってくれていたんだよね。郁也から連絡がきた時すぐにお店を出れば良かった。

アルコールでさえ私の心を穏やかにしてはくれなかったのに、郁也の笑った顔を見ただけで、心にかかっていた靄がすうっと晴れていく。

「今日寒いな。うち行こうか」

冷たい手で私の手を握った。

ここから郁也の家までは徒歩三十分ほどかかる。寒いなら地下鉄に乗ればいいのに、郁也が歩き出した方向は駅の逆方面だった。

郁也は練習後も飲みに行ったあとも必ず徒歩で家まで送ってくれている。そういえば『歩くのけっこう好き』って言っていたっけ。

私も歩くのが苦じゃないのは本当だけれど、それは基本的にそうっていうだけであって、ひとりで歩いている時は苦に感じて地下鉄に乗ることも度々あった。

でも郁也といる時は、その距離を苦に感じたことは一度もない。郁也と手を繋いで歩く三十分間は、ひとりで乗る地下鉄の三分間よりもあっという間に感じるのだから。


家の中に入った郁也は「さみ」と大きく身震いをして暖房をつけた。

こたつが大好きな私とは違うらしく、郁也の家にはこたつがない。必要最低限の物しか置きたくないから、と言うくせに、ギターは三本もあるし音楽雑誌だけは大量に並べられているし、私からすると不要な物もたくさんあるように見える。

好きな物にだけ囲まれているところが郁也らしいけれど。

「お前、なんであんなに怒ってたんだよ。サナのこと？」

マットレスを背に床に座った郁也は、左手で隣をポンポンと軽く叩いて〝おいで〟

の合図をした。いつもなら飛んでいくのに、今日はなんだか近くに座りたくなくて、少し離れて体育座りをした。

——名前で呼んでるんだ。

もうすっかり落ち着いたと思っていたのに、郁也の口から彼女の名前が出た途端また胸がザワザワと騒ぎ始めた。戻ってきたはずの理性は、また隅っこで小さくなっていく。

「……なんなの、あの子。『フミ先輩、今日きてるかなあ？』とか言われたんだけど。そんなの知らないっつーのっ」

なにを言ってるんだろう。くだらない嫉妬(しっと)をして、感情のままに言葉を吐き出して、まるで子供みたいだ。

一旦冷静になるためにあの場から逃げ出したのに、ちっともなれていない。結局かっこ悪いじゃん、私。

「なんなの？　なんで名前で呼び合ってるの？　もしかしてあの子となんかあったの？　ていうか、自分のご飯くらい自分で買いなよバカ！」

溢れてくる苛立ちを制御できない。酔いはすっかり冷めたというのに結局全部ぶつけてしまった。

ご飯を買ってきてもらうくらい、別にいいじゃないか。名前で呼び合っているくらい、別にいいじゃないか。私だって名前で呼び合っている男友達くらいいるし、郁也は彩乃のことも名前で呼んでいるし。

小さくなった理性にそう呼びかけられても、大きな意地がまた邪魔をする。

私はもう気を抜いたら涙が出てしまいそうなほど感情的になっているのに、郁也はいつも通り顔色ひとつ変えることはなくて。

「なんかって、あるわけねぇだろ。あいつ彼氏いるし」

……は？　彼氏？　あの子、彼氏がいるの？

「嘘！　あんなにフミにべったりだったのに⁉」

「いや、単に男に媚び売りたいのか俺のこと次の彼氏候補にしようとしてんのか知らねぇけど、そういう女いるじゃん。だから相手にしてなかっただけだよ」

そういう女……いる。確かに、たまーにいる。

開いた口が塞がらない私を見て、郁也は「なにその顔」と笑った。

なにその顔、と言われても。呆れやら恥ずかしいやらで言葉が出てこない。

「飯だって、あいつが買ってくるって言うから、じゃあよろしくっつってるだけだよ。並ぶの面倒だし。……でもまあ、ユズが嫌ならやめるか」

やめてくれるんだ。

ああ、もう。嫌だなあ。小さくなっていく意地の代わりに、今度はまた罪悪感が大きくなる。

　郁也が斉藤さんのことをなんとも思っていないなんて、飲みに行ったところでなにもなかったことなんて、聞かなくてもちゃんとわかっていたのに。でも頭ではわかっていても、とにかく嫌で感情をおさえきれなかった。本当に子供みたい。

「あと勘違いしてるみたいだけど、ふたりで行ったわけじゃねぇよ。男の後輩に誘われて行ったらあいつもいただけ」

「え」

「あと、うちのサークルけっこうみんな名前で呼び合うから。逆にお前に言われるまであいつの名字知らんかった」

「ええー……」

　そういえば彩乃も『サナちゃん』と呼んでいたし、彩乃と郁也だって、特別仲がいいわけではないのに名前で呼び合っている。

　なにそれ。勝手に勘違いして勝手に怒って、私バカみたいじゃん。

　いや、でも、先に『みんなで行ったよ』って答えてくれたら良かったわけで。

「なあ、次なに歌う？」

「なにそれ。急に話変えないでよ」

「だって、こんな話いくらしたって無駄だろ」

「無駄じゃないでしょ！」

「無駄だよ。俺は浮気なんかしねぇし、わかるだろ。なんか問題ある？」

そういえば付き合う前に、浮気できるとかできないとか、そんな話をしたこともあったっけ。

問題……ないかもしれない。でも。でも。

「わかんないよ。……だって私、フミに一回も『好き』って言われてない」

嘘。本当はちゃんとわかってる。大切にしてくれていることが、好きでいてくれていることが、ちゃんと伝わっている。

でもたまにはちゃんと言葉にしてほしい。

『歌声が好き』も『笑った顔が好き』も嬉しかったけれど、『ユズが好き』って言ってほしい。

「え？　言ってほしいの？」

「そりゃあ、まあ」

言われないよりは言われる方がいい。言われたくない人もいるだろうけど、私はそうじゃない。

いざ聞かれると恥ずかしいもので、私をじっと見たままキョトンとしている郁也から目をそらした。そこはなにも聞かずにひと言『好きだよ』とか言ってほしい。

「好きだよ」

言ってくれるんだ。しかも、そんなにあっさり。

「機嫌直った？」

あぐらをかいていた足を大きく広げて、私の腕をつかんで引き寄せて、俯いている私の顔を覗き込んだ。形が崩れた両足でもう一度三角形を作り、膝に顔を埋める。

「直らない」

「なんで。機嫌直してよ。好きだよ」

「……ふふ」

「笑ってんじゃねぇかよ」

ついに耐えきれなくなった私は、顔を埋めたままぷるぷると震えてしまった。私の後頭部に郁也の手がコツンと当たった。

好きだよって、なにそれ。言ってほしいとお願いしたのは私だけど、言い方がちょっと、可愛い。

くすぐったい胸とにやける頬をおさえられなくてぷるぷると震え続ける私の頬を両手で挟むと、ぐっと上に引き寄せた。

「俺はユズだけが好き。だからこんな話より、これからの話する方がずっと意味あるだろ？」

私は好きな人と付き合えたのが初めてだった。

なぜか好きになった人には好きになってもらえないタイプの人間がいると聞いたけれど、それは紛れもなく私のことだ。

好きな人に好きになってもらう。当たり前にそばにいられる。私にそんな幸せが訪れるなんて思っていなかったから、この夢みたいな毎日がどうしようもなく幸せで。

けれどどこかで信じられなくて、夢心地に感じる時がある。

でも、これは夢なんかじゃない。確かに郁也はそこにいて、私のことを真っ直ぐに見てくれている。

私たちは今、しっかりとお互いを見て、そして同じ未来に向かっている。

もう一度「好きだよ」とささやいた郁也から目をそらすことなく、ゆっくりと目を閉じた。


腕枕に頭を預けてうとうとしていると、後ろから『僕の名前を』のイントロが流れ始めた。これはMVじゃなく、郁也のギターの音。

「お前、歌うまくなったんじゃない？」

背中を向けている私にも見えるように、スマホを持ったまま私の身体に腕を回した。

歌がうまくなったかも、とは自分でも思う。練習日以外のカラオケ通いは今でも続けていて、その甲斐あってか、少しずつ上達しているように思う。ギターを持った郁也があまり怒らなくなったのはそれが一番大きい。

最初は鬼コーチこと郁也の機嫌を損ねないように必死だった私も、今は純粋に歌うのが楽しい。カラオケに行かなくても最近はずっと歌を口ずさんでいる。歌わずにはいられない、そんな感覚だった。

暖房ですっかり暖まった部屋と背中に感じる郁也の体温が、再び私を夢の中へと誘う。このまま眠ったら気持ちいいなと思うのに、郁也はスマホを置いて私の手を取ると、指を絡めてぎゅっと握った。

「アルバムもまたいい曲いっぱい入ってたし、撮りたい曲また増えちゃったな」

回らない思考のまま「うん」と返す。

「そういえばお前、アルバム予約してたんだな」

「するに決まってるじゃん」

「次からはしなくていいよ」

「え？　なんで？」

「俺が予約するもん。一枚でいいだろ」

ああ、もう。せっかく気持ち良かったのに、目が覚めてしまった。

布団の中でもぞもぞと身体を反転させると、カーテンの隙間から差し込む月明かりに照らされた郁也は目尻を下げてとても優しく微笑んでいて、それはギターを愛でる時の表情によく似ていた。くしゃっと無邪気に笑う顔も好きだけれど、この笑顔が一番好き。

そうだね、と抱きついた私の頬に、郁也はそっとキスを落とした。

嬉しかったり楽しかったり、寂しかったり怒ったり。

これからもこういうことがあるだろうし、もうダメかもしれないと思うほどの喧嘩もするかもしれないし、もっともっと大きな壁が私たちに立ちはだかる時がくるかもしれない。そう思うと、正直疲れるなと思うけれど。

でも、それでも。

郁也と、ずっと一緒にいたい。それが私にとって、なによりの幸せだから。

雨の中の誓い

なんとか無事に大学を卒業した私たちは、さっそく仕事が始まった。
大手自動車メーカーの営業職に就いた郁也は、予想を遥かに超えて忙しそうだった。月末の繁忙期以外は定時で帰れることがほとんどの私とは違い、郁也は毎日遅くまで残業をしているので平日に会えることはほとんどない。

付き合い始めてすぐに合鍵をもらっていたけれど、それを自分の意志で使うことはあまりなかった。いくら付き合っているとはいえ、人のプライバシーを侵害するのはどうなのかと考えてしまって。

そんな風に躊躇していたのは最初だけ。あまりにも会えない日々に耐えられなくなった私はためらうことなく合鍵を使うようになり、出会ってから三度目の秋を迎える頃には半同棲状態になっていた。

「フミ、まだ寝てるの？」

日曜日の午後。シャッとカーテンを開けると、窓から差し込む日差しが容赦なく郁也を照らした。

ん、と小さく声を上げて眉をしかめた郁也は、起きるかと思いきや、寝返りを打って腕を額のあたりにかざした。

暦の上では秋だというのに、太陽は窓を突き破りそうなほどに容赦なく照りつける。遮熱カーテンというバリアーを失った室内は、じわじわと熱気に包まれていく。

夜の間にその役割を果たして油断しきっていたエアコンも、その熱気に負けじと慌てて冷気を大放出してはいるけれど、室内温度が下がることはなく今のところ両者互角だ。

こんな暑さの中よく寝ていられるな。私が出かける準備をしても洗濯しても郁也はまったく動じることなく布団にくるまったままだった。

「フミ、起きてよ」

「んー……」

「今日出かける約束してたじゃん」

「ちょ、待って。昨日飲みすぎて……」

「調子に乗って朝方まで飲んでるからじゃん！」

郁也はもともと寝起きが悪い。二日酔いともなれば私がどれだけ言っても無駄なことはよくわかっている。

私も朝は苦手だからいつもなら一緒に寝るけれど、今日はデートの約束をしていたから張り切って起きてしまった。

ぎゅうっと布団を抱き締めて寝返りを打った郁也は、私に背を向けて再びすやすやと気持ち良さそうな寝息を立て始めた。

二日酔い以前に毎日の仕事で疲れているわけだし、あと一時間だけ寝かせてやろう。でもやっぱり私との約束を忘れて朝方まで飲んでいたことはムカつくから、一時間経ったら叩き起こしてやる。

スマホを持ちながらマットレスに寄りかかって動画配信サイトを開いた。おすすめ動画に表示されていた動画をタップすると、一般の人がカラオケで歌っている動画だった。

「あ、『光の街』」

声に出したのは私ではない。

後ろを振り返ると、布団を抱き締めている郁也はいつの間にか私の方を向いていた。

「まさか寝たフリしてたの？」

「今起きたの」

やっと起き上がった郁也は、布団の上で大きく伸びをした。先ほど目をそらした太陽を見つめて、目を細めながら「今日も暑いな」と眉を八の字にして笑った。

そうか、ｂａｃｋ ｎｕｍｂｅｒの曲を流したら上機嫌で起きるのか。今度からはそうしよう。

「次は『光の街』だな。せっかく同棲してるしちょうどいいよな」

「え？」

私は半同棲くらいかと思っていたけれど、郁也の中ではもう同棲していることになっているのか。

確かに実家にいるよりこの家にいる方が多くなっているし、当然のようにご飯を作ってお風呂を沸かして郁也の帰りを待っているのだから、世間一般では同棲中ということになるのかもしれない。

〝半〟をつけていたのは、『一緒に住もう』と言われてもいないし、言ってもいなかったから。

でも郁也は付き合う時も『付き合ってるかと思ってた』とか言っていたし、同棲をするのにも特に言葉はいらないと思っているのだろうか。よし、今日から〝半〟は抜こう。

ベッドからおりた郁也は出かける準備をすることなく、さっそくギターを持って軽く音を鳴らした。

ヤバイな。これは出かけずに家で練習するパターンだ。

しまった、と思った。音楽の話をすると、郁也はデートの約束なんてそっちのけでギターを弾き始めるのだ。

こういうことは度々あった。出かけるって言ったじゃん！と文句を言っても、別にいいじゃん、歌ってよ、と言われて。最初はふてくされていても、郁也のギターの音を聴いていると、いつの間にか歌い始めてしまって。結局、郁也にまんまと丸め込まれた私は数時間後には笑っていて。

そうか。上機嫌で起きてくれるのはいいけれど、デートがなくなってしまうというデメリットもあるのか。

まあ、一緒にいられるなら、別にいいけれど。

予想通り外出の予定はなくなり、郁也はずっとギターを弾いていた。

気温はまだ真夏とさほど変わりないけれど、日が沈む時間は少しずつ早くなっている。

ベッドに寝転がっていた私はいつの間にか眠っていて、窓から差し込んでいる西日の眩しさで目を覚ました。それとほぼ同時にずっと後ろから聴こえていたギターの音が止まる。寝返りを打って郁也の方を見ると、私に背を向けてギターを持ったまま、顔だけ私の方に向けた。

「おはよ」

ギターを床に置いて身体もこちらへ向ける。目尻を下げて微笑みながら、私の顔にかかった髪を右手でそっとすくい、頭をゆっくりと撫でた。

温かい手の感触が、また夢の中へおちていきそうなほど心地いい。

「おはよ。ギターはもういいの？」

「うん、まあ。……あのさ、ちょっと車で出かけない？」

頭を撫でていた手を移動して腕をつかんだ郁也は、自分の方にぐっと引き寄せて私の身体を起こした。

「いいけど、どこ行くの？」

家でギターを弾いたあとに出かけることはあまりないし、窓から空をよく見ると雲行きも少し怪しい。そういえば今日は夕方から雨予報になっていたから、昼間のうちに出かけるつもりだったのだ。

内緒、と言った郁也に手を引かれるがまま車に乗ったものの、発進してすぐにポツポツと雨が降り出した。雨の日に出かけたがるのも行き先を教えてくれないのも初めてだった。ご飯でも食べに行くのかと思ったけれど、それなら行き先を隠す必要はない。

一時間ほど車を走らせて着いたのは、名古屋市内の夜景スポットだった。頂上にある駐車スペースに車を停めた。

「外出ようか」

「え？　雨降ってるのに？」

小雨ではあるけれど、決して夜景を堪能できるような天気ではない。

「傘あるから大丈夫」

言いながら、後部座席からビニール傘を一本だけ手に取ってくしゃっと笑った。

郁也のことはある程度わかっているつもり。それでも今日ばかりは郁也がなにを考えているのかさっぱりわからない。初めてのことだらけで少し困惑しながらひとつの傘にふたりで入り、先に続く道を歩いた。

山を囲んでいる木々の向こうには、住み慣れた名古屋の街が広がっていた。

空の深い青と街のオレンジのコントラストが綺麗。

木々の葉に雨が当たり、雫(しずく)が葉を伝ってポタポタと地上へ舞い降りていく。時に雑音に感じることもある雨音も、今この瞬間は私たちを包み込むように優しく鳴っていた。

街の光が雨に反射し、まるで空からキラキラと輝く星が名古屋の街を包んでいるようで、とても美しかった。

「――綺麗」

自然と言葉がこぼれた。

それらは全て、雨だからこその景色と音だった。

いつもは見下ろすだけのそれはとても近くに感じ、手を伸ばせば届きそう。

吸い込まれるように手を伸ばしかけたのと同時に、「ユズ、話がある」と郁也が言った。

私を真っ直ぐに見つめるその目は、出会った時のものとよく似ていた。

「なに？」

「実はうちの会社、けっこう転勤多くて」

直接聞いたことはなかったけれど、なんとなく気付いていた。

全国に支社がある大手企業だし、いつかは転勤するのかな、と漠然と思ったことはある。

「特に若手のうちはいろんな支社に飛ばされそうで」

「うん？」

郁也は私と目を合わせることなく、真っ直ぐに夜景を見たまま続ける。

「俺もたぶん、次の春には異動になりそう」

次の春って、あと半年後くらいだ。

なりそうということは、まだ正式に決まっていないということだ。いつ決まるんだろう。私の会社は転勤がないから、基準がわからない。

「その……もしそうなったら、ついてきてくれる？」

いつもなんでもかんでも決定事項みたいに押し付けてくるくせに、こういうことは聞いてくるのか。

いつもみたいに『ついてこい』とか『行くぞ』とか言えばいいのに。

「当たり前じゃん。フミと一緒にいられるなら、どこでもいいよ」

まじか、と言った郁也はやっとこちらを向いて、目尻を下げてくしゃっと笑った。

その笑顔はどこかホッとしたようにも見えた。もしかして、断られるかもしれないと不安だったのだろうか。

断るわけがないのに。私の中に、郁也と離れるなんて選択肢が浮かぶことはない。もう前みたいに反論したりしない。郁也が決めたことについていく。

就職してすれ違い始めることが多いと聞くけれど、順調に付き合えている。なんの不安も不満もなかった。

「どこになりそうとか、まだまったくわからないの？」

「いや、たぶん札幌(さっぽろ)。新規事業の立ち上げがあるみたいで、そこに配属になるんじゃないかな」

ひとつだけ、ほんの少しだけ、まったく知らない土地だったらどうしようという不安があったけれど。

札幌と聞いて安心した私は、不安の代わりに嬉しさがこみ上げた。北海道に行ってみたいとずっと思っていたし、憧れの地のひとつでもある。

「北海道かあ。ご飯おいしそうだよね」

「遠すぎる！とか怒るかと思った」

「怒るわけないじゃん。雪まつり行ってみたい。あと、小樽運河でしょ、函館の朝市でしょ、世界遺産の知床でしょ。行きたいとこいっぱいありすぎて楽しみ」

ああ、どんどん期待に胸が膨らんでいく。

頬に両手を当ててにやにやしている私を見て、郁也は声を出して笑った。

「お前、北海道の広さ知ってる？　知床なんて札幌から何時間かかると思ってんだよ」

「でも行きたい」

「わかったよ。どこでも連れていってやるよ」

私たちはふたりで旅行をしたことがなかった。

郁也はあまりアクティブな方ではない。私も私で、旅行をしたいとは思うもののどこに行きたいとか具体的な計画を立てるのが得意じゃない。

でも北海道は広いから、これからはたくさん観光ができる。

きっとたくさん楽しいことが待っているに違いない。

「……不安、だよな。就活もあんなに頑張ったのに、たった一年で辞めることになっちゃうな」

目を合わせたまま、眉を八の字にして言った。その声は雨音にかき消されてしまいそうなほど小さかった。こんなに弱々しい郁也を見たのは初めてだった。

気にしてくれていたことは、意外だとは思わなかった。

郁也は優しい。きっと私のことを私自身よりも心配してくれていて、だからこそ郁也もなかなか言い出せなかったのだと思う。

だから私はなにも気にしていないフリをした。郁也が自分のことに集中できるように、そして安心してくれるように、不安なんて微塵もないよ、という意味を込めて満面の笑みを向けた。

「え？　全然大丈夫だよ。一緒にいろんなところ行けるんだもん。楽しみ」

「お前、ポジティブだな」

ふ、と短く息を漏らす。笑ってくれたことに安心した私は、傘を持っている郁也の左手に右手を重ねた。

どこへ転勤になったとしても、それだけ郁也との思い出が増えていく。

郁也と一緒にいられるのなら、どこでも大丈夫。

住み慣れた街を離れて知らない土地に行くことも、地獄の就活を再びしなければいけないことも少し不安だけれど、きっと私は笑っていられると思う。

隣には郁也がいるのだから。未来は間違いなく明るいと信じられる。

「その話するために連れてきてくれたの？」

「いや、もうひとつ話があって……」

「ん？　なに？」

「ずっと考えてたんだけど」

「うん？」

「結婚しよっか」

ちゃんと言ってくれるんだ——。

ふわ、と胸のあたりが膨らんだ。

少し冷えていた身体がじわじわと熱を帯びて小さく震えた。

「うん！　する！」

迷う時間なんて一秒たりともなかった。

初めて郁也の家庭環境を聞いた時から、漠然と考えていたから。

いつか郁也と結婚して、それで——。

「あったかいご飯作って、フミが帰ってきたら『おかえり』って言うよ。子供ができたら、休みの日はいろんなところに出かけて。そういうベタな家庭、一緒に作ろう」

郁也が望む家庭を作ってあげたい。寂しい思いをしてきた分、これからは幸せで埋め尽くしてあげたい。

「よくそんな話覚えてたな」

「覚えてるに決まってるじゃん」

「そっか。……ずっと一緒にいような」

郁也は右手を私の背中にまわし、そのまま引き寄せた。

こみ上げてくる涙を目いっぱいに溜めて、郁也にぎゅうっと抱きついた。

「うん。ずっと一緒にいよう」

ずっと、一緒にいよう。これからもずっと、幸せを作っていこう。

郁也と出会ってから、想像する未来にはいつだって眩しいほどの光が差し込んでいて。

心から信じられるふたりの未来は、とても穏やかで優しいものだった。

＊＊＊

年が明けてすぐに、郁也は正式に札幌支社へ異動の辞令が出た。

「北海道⁉」

錦三丁目の串カツ屋。

大人になれば当然のように鉄板焼きやフレンチを好むようになるのかと思っていた

けれど、好きなだけ食べて好きなだけ飲みたい私たちは、学生時代と変わらずコスパ重視でお店を選んでいる。特に一軒目は飲み放題がついていることが最低条件。

「え……大丈夫？」

左手に生ビールを持ったまま、眉間にしわを寄せて、上目遣いでおそるおそる私の顔を覗き込む。学生時代よりも伸びて緩く巻かれた髪が、彩乃の肩からふらりと落ちた。

「大丈夫だよ。フミがいるし。結婚しようって言ってくれたから」

「ええー！　おめでとう～!!」

「ありがとう～!!」

ジョッキから手を離し、両手をがっしりと繋いでブンブンと大きく振った。

〝結婚〟なんて〝いつか〟の話で、ずっとずっと遠い未来のことだと思っていた。でも今はこんなにも近くに感じられるようになった。

まだまだ子供だと思っていたのに、私たちはいつの間にか大人になっていたのだと実感した。

「そっか。でも寂しい……」

「長期連休は一緒に帰省しようって話してるから、年に三回くらい帰ってくるよ」

「そっか。あたしも遊びに行く！　北海道行ってみたかったし！」

「きてきて！　待ってる！」

名古屋を出るまであと二ヶ月以上もあるのに、彩乃が『今日は送別会だ』とか『結婚祝いだ』とか思いつく限りの理由を次々と口にしながら、次々とお店を変えてお酒を飲み続けた。

送別会じゃなくてもお祝いじゃなくても、私たちはいつもそうなのだけれど。

「なんかあったら、絶対にちゃんと連絡してね」

始発が出る頃、カラオケから出ようとした私を後ろからぎゅうっと抱き締めた彩乃は、少し震える声でそう言った。

高校時代からずっと一緒にいた彩乃。

私は一生名古屋にいると思っていたし、彩乃もそのつもりだといつか言っていた。

離れる日がくるなんて考えたこともなかったから、正直に言えばめちゃくちゃ寂しい。

名古屋を離れることでもうひとつ不安を挙げるとするならば——彩乃と離れること。郁也には言えなかったけれど、それが最大の不安。

でも大丈夫。ちょっとクサイから口には出せないけれど、例え離れていても彩乃は一番の親友。

「うん。約束する。彩乃もね」

じわ、と視界が霞んだ。それをぐっと堪えて、口に出せない想いを両手に込めて、胸元にある彩乃の手をぎゅうっと握った。

第三章

君と描いていく未来

転勤先での仕事が始まるのは四月一日から。

引っ越しをする前に少しは有給を使って休むのかと思っていたけれど、郁也は引き継ぎがあるからとギリギリまで働いて、引っ越し作業はほとんど私ひとりで済ませた。

車があるから飛行機ではなくフェリーで移動して、転勤先である北海道札幌市へ越してきたのは三月の末。

「さむっ！」

名古屋港から苫小牧港への長旅を終え、車で一時間半かけて札幌へ向かう。五階建てのレンガ調のマンションの前に車を停めて外へ出た私たちを包んだのは、キンと冷え切った空気だった。

苫小牧港でフェリーから降りた時も寒くて、まあ海沿いで風が強いしね、とのん気に考えていたものの、そうじゃなかったらしい。

名古屋では満開だった桜も見当たらない。それどころかまだ道端や草むらには雪が残っている。有給消化中に張り切って買った春服を着ていた私は肩をすくめた。

「え、もうすぐ四月だよね？　四月って冬だったっけ？」と疑問に思うほど北国の春は冬の気配が残っていて、私に負けず劣らず薄着だった郁也も小さく身震いをした。

「寒いだろうなとは思ってたけど、予想以上だったな」

「でも天気よくて気持ちいいね。それになんか、空が綺麗な気がする」

空は雲ひとつない晴天。空気が澄んでいるからか空の青が濃くて、太陽の光が眩しい。

車に積んでいた必要最低限の荷物を持ち、エントランスホールのオートロックを解除して、エレベーターで最上階へ向かう。

角部屋のドアを開けると玄関の先には三メートルほどの廊下。その先にある扉を開けると、左手にはコンロが三口ついている、十二畳のリビングが見渡せるキッチン。南向きの角部屋というだけあって日当たりは抜群。白を基調とした清潔な空間は、初めて動画の撮影をしたスタジオとよく似ていた。

「1LDKくらいかなって思ってたけど、部屋ふたつあるんだね」

「撮影とか練習とか、音楽部屋ほしかったからな」

郁也が言うには、スライド式の大きなドアで仕切られている、おそらく普通は寝室になるであろう六畳の部屋を音楽部屋にして、その隣にある開き戸の、同じく六畳の部屋を寝室にする予定とのことだった。

「ええー、寝室こっちがいい」

寝室にする予定の部屋は窓がひとつしかないし、位置的にも日当たりが悪そうだ。こっち、と音楽部屋になる予定らしい日当たり抜群の部屋を指さすと「寝室なんて寝るだけだから別にいいじゃん」と返された。

「家で撮影できるようにしたかったんだよ。そしたらいつでも撮れるだろ」

郁也は当然のように〝必要最低限の荷物〟にギターを入れていて、それをさっさと私が指さしている部屋に置いた。

音楽の話になると私の言い分が通ることはほとんどないから、言うだけ無駄だということはわかっていた。郁也の言う通り寝室は寝るだけだから日当たりなんて気にならないし、家で動画撮影ができるのは嬉しい。今日から始まる新生活にわくわくが止まらなくて言ってみただけ。

郁也の会社は札幌の中心部である大通。会社の近くに住むのかと思っていたけれど、郁也が選んだのは清田(きよた)区というところだった。

実のところ私は、どんな部屋なのか、どの地域に住むのかを事前に聞かされていなかった。というか会社の近くに住むものだと思い込んでいたから聞いていなかった。治安が良さそうで家賃も安いとこにした、とだけ聞かされていた。

確かに名古屋と比べるとかなり安くて、郁也が住んでいた1Kの部屋と比べても家賃が急激に高くなることはなかった。

でも都会だと思っていた札幌は中心部から外れると意外に田舎で、郁也が選んだこの清田区はまさにそうで、地下鉄もＪＲも通っていないようだった。

郁也は車を持っていて普段から運転しているからいいけれど、当たり前に地下鉄がある生活をしてきたおかげで免許を取得してから一度も運転したことのない、正真正銘のペーパードライバーである私にとっては少し不便そうだ。

スマホのナビで調べたところ、中心部へ行くにはマンションからバスと地下鉄を乗り継いで行かなければいけない。歩くと二時間以上かかる。いくら歩くのが苦ではないといえ、さすがに二時間は苦だ。

近隣にスーパーや薬局があるのが唯一の救いではあるものの、せっかく憧れの地にきたのだから中心部に住んでみたかったのが本音。

と、心の中ではタラタラと文句を言ってはいたけれど、『綺麗なマンションだね』『静かで住みやすそうだね』と笑った。

午後イチで家電や寝具など必要最低限のものが届き、設置や設定をなんとか終えたのは夕方だった。

「さて。飯食いに行って、ついでに軽く観光でもするか」

テレビとレコーダーの配線を繋ぎ終えた郁也が、立ち上がって大きく伸びをする。

「え？　荷物の整理とか、片付けとかしないの？」

「あさってから仕事始まっちゃうし、時間もったいないだろ。せっかくだからすすきのでも行こう」

ということは、引っ越しの準備だけではなく、荷ほどきも私がほとんどやることになるのか。考えただけで身震いしてしまう。初めての引っ越し作業は予想を上回る大仕事だったのだ。

「すすきの行ってみたい！」

けれど今は観光したい気持ちの方が圧倒的に勝っていた。

長旅で疲れ切っているからご飯を作る気力はない。でも観光する元気はいくらでも湧いてくる。

北海道の春を甘く見ていた私たちは冬用の上着を持ってきていない。それが入っている段ボールが届くのは明日。これから夜にかけてもっと寒くなるし、薄着のまま外を歩き回るのは自殺行為だからと車で行くことにした。

すすきの付近の有料パーキングに車を停めて適当に居酒屋に入る。私は運転しないからお酒を飲めるけど、郁也が可哀想なので、郁也と同じウーロン茶を注文した。

「うま！」

適当に入った普通の居酒屋なのに、お刺身が新鮮でおいしい。私はグルメじゃないから味の違いなんてわからないと思っていたけれど、それでも北の大地で味わう魚介類は格別だということはわかった。こんなおいしい料理を、これからは当たり前に食べられるなんて。

引っ越し作業と長旅で削られたエネルギーを取り戻すべく、そしてお酒が飲めない代わりに夢中で海鮮料理を胃に詰め込んだ。

あまりのおいしさに気分が上がってしまった私たちは、真っ直ぐ車に戻ることなく、ぶるぶると震えながら少し歩いて大通公園へ向かった。結局、自殺行為をすることになるなんて。

『さっぽろテレビ塔』から果てしなく続いている並木道は、久屋大通公園によく似ていた。おかげで「テレビで見たことある!」と騒ぐこともなく、自販機でホットコーヒーをふたつ買ってベンチに腰かけた。

記憶に新しい久屋大通公園と違うのは、木々の枝には枯れ葉がちらほらとしがみついているところだけ。やっぱり桜の気配すら感じない。

「北海道っていつ桜咲くの?」

「さあなー。GWとか?」

そうか。同じ日本なのに、一ヶ月も違うのか。変な感じ。

一年に二度も桜を見られるなんて得した気分だと言った私に、郁也は「ほんとポジティブだな」と笑った。

「桜咲いたらまたこような」

「うん、そうだね」

これからはこの土地で郁也との日々を過ごしていくのに、ネガティブになるわけがない。

いつまた転勤になるかはわからないけれど、どこへ転勤になっても、私はきっと毎回同じことを言うと思う。


郁也は越してきてからたったの二日後に仕事が始まった。

せっかく憧れの地に越してきたというのに、観光どころか一緒に家具や食器を選びに行く時間すらどこにもない。

予定通り新規事業立ち上げのメンバーとして配属された郁也は、さっそく残業と休日出勤に追われる日々を送っていた。最初の二ヶ月間はほとんど休みがなく、GWも名古屋に帰省することはできなかった。名古屋にいた頃も忙しそうだったけれど、それを上回るほど多忙だった。

テーブルに置いていたスマホが鳴ったのは二十一時を過ぎた頃。画面に表示されている『フミ』の名前を見て、すぐに通話に切り替える。

『もしもーし。今から帰るよ』

定時は十七時だから、今日も四時間の残業だ。この二ヶ月間、いや就職してからの一年間、定時で終わったことはあまりない。

仕事が終わると毎日欠かさず電話をくれる郁也はさすがに疲労が溜まっているのか、日に日に疲れを滲ませていた。

「お疲れさま。気を付けてね」

電話を切るとすぐに立ち上がる。郁也の会社からマンションまで三十分ほどかかるので、その間に夕飯の準備をするためにパタパタとキッチンへ向かった。すでに作っていたお味噌汁と副菜を温めて、洗っておいた生野菜をお皿に盛りつけて、下処理だけしておいた鶏肉をフライパンに入れた。

できあがった料理をテーブルに並べ終えたところでインターホンが鳴った。モニターで郁也の姿を確認してからオートロックを解除して、家の鍵を開けて、郁也がドアを開けるのを待つ。

鍵を持ってるんだから自分で開ければいいのに、郁也はいつもこうだった。玄関まで出迎えてもらうのが男の夢らしい。

「おかえり」

「ただいま」

ビジネス用のショルダーバッグを肩からおろすと、それを私の首にかけて、リビングへと繋がる廊下を歩きながらジャケットを脱いでネクタイを外す。それを受け取ると、私の頭をポンポンと撫でる。この一連の流れは名古屋で同棲していた時からのルーティンだ。

リビングのドアを開けると、テーブルに並んでいる料理を見て「うまそう」とにっこり微笑んだ。

私は特別に料理が得意なわけではないし、レパートリーが豊富なわけではないけれど、郁也はいつも「うまい」と言って完食してくれる。それが嬉しくて、レシピアプリを見ながら一汁三菜を心がけていた。

私が隣に座ったのを確認すると、郁也が「今日さ」と話し始めた。夕飯を食べながらその日あった出来事をお互いに話していくのが日課になっている。といっても私は家にいるだけだからあまり話題がなくて、郁也の話を聞いていることがほとんどだけれど。

ふたりともお喋りだから、会話が途切れることも笑い声が尽きることもなかった。テレビをつけなくても部屋が静まることなんてなかった。

『ベタな家庭に憧れる』と言っていた郁也の夢を叶えてあげたい。それはいつの間にか私の夢にもなっていた。

「なあ、明日出かけない？」

ごちそうさま、と両手を合わせながら郁也が言った。

「いいけど、どうせ楽器屋さんでしょ」

「よくわかってるじゃん」

週に一日しかない休日は、郁也をゆっくり休ませてあげることを最優先に考えてほとんど家にいた。

たまにこうして出かけたがったかと思えば、向かう先はいつも楽器屋さん。何時間もギター用品を探し回る元気があるならデートをしたいのに。

「わかったよ、もう」

まあ郁也は楽しそうだし、一緒にいられるならいいけれど。

郁也は今まで通り一ヶ月に一回は動画投稿をしたいと言うから、月の最後の日曜日は動画撮影をする日になった。

もう三十曲ほど投稿しただろうか。まだまだ先は長いし、これからも新曲は増えていくわけで、終わりはまったく見えない。それだけ長く郁也とこの時間を共有していけるということになる。

夜ご飯を食べ終えた郁也は、お風呂から出てくるとすぐに音楽部屋に置いてあるギターを手に取った。

ご飯を食べたあとにすぐ食器洗いを済ませる人を心から尊敬する。私はひと休みしてからじゃないと動けない。

リビングのソファーに座ったまま、ギターを愛でるように弦に指を滑らせる郁也を見ていた。毎日その姿を見ているというのに、毎日同じことを思う。

ギターを弾いている時の郁也が一番好きだ。

「なあ、いつかふたりで作った曲投稿してみない？」

指先で軽く弦を弾きながら顔を上げた郁也が言った。

「え？　いいけど、フミ、曲なんて作れるの？」

「作ったことないけど、やってみるよ」

郁也が作曲？　想像がつかないけれど、きっといい曲だろうな。

想像して自然と緩んでしまう頬を隠すように、マグカップに淹れた食後のコーヒーをちびちびと飲む。

「楽しみ」

「作詞はお前な」

これが漫画なら確実に口からコーヒーを吹き出している。

「は⁉　無理だよ！　作詞なんてしたことないし！」

「俺だって作曲したことねぇよ。でもお前の歌で作曲してみたくなった」

こういうところ、ずるいなあ。

もう体温が急上昇することも心臓が飛び出そうなほど大きく波打つこともなくなったけれど、その代わりに胸の奥がじわじわと温かくなる。

幸せだなあ、好きだなあ、と心から思う。

「ふたりで曲作ってみたいんだよ」

だったら全部作ってくれたらいいのに、「作詞はお前な」と決定事項のように言ってくるあたりが郁也らしい。作詞なんてしたことがないのに。

でも音楽に関して反抗するのは無駄だとこの三年間で痛いほど学んでいるので、「完成するまでは絶対に見せない」という条件付きで渋々了承した。

「でも、ｂａｃｋ ｎｕｍｂｅｒは？　全曲制覇するんじゃないの？」

「別に急がなくていいだろ」

「……ふふ」

「なに笑ってんだよ」

「別に」

それはつまり、急がなくても、この先いくらでも歌えるって、ずっと一緒にいるってことだよね？

言葉の代わりに、静かに流れ始めたギターの音にそっと声を乗せた。

日付が変わる頃、ギターを置いて寝室へ向かい、同じベッドで腕枕で眠る。

郁也は寝つきがいいからいってていいほど先に寝息が聞こえてくる。寝つきが悪い私はその寝息を聞きながらうとうとし始める。寝静まると抱きついてくる郁也の体温を背中に感じると、すうっと夢の中へおちていくことができた。

長年住んでいた、この先もずっと住み続けると思っていた街を離れて、家族や友達に会えなくなって、寂しさがないと言えば嘘になる。

でもそんな寂しさを吹き飛ばして笑っていられるくらい、毎日が幸せで満ち溢れていた。

理想と現実

北海道にきて三ヶ月が経とうとしていた。

六月に入ってもまだ空気はカラッとしていた。いったい夏はいつくるのかと思っていたら、七月に入るとどこかに溜めていた熱を一気に放出したかのように暑くなった。暑いといっても気温が四十度近くまで上がることはないし、湿気が少なくて名古屋に比べればじゅうぶん涼しい。エアコンをつけていなくても寝苦しい思いをすることがないなんて、真夏でこんなに涼しいのならずっと住んでいたいくらいだ。

越してきた時から仕事を探してはいるものの、知らない土地で仕事を探すのは思っていた以上に大変で、未だに就職先を見つけられずにいた。

マンションの近辺には私が希望しているような仕事があまりなく、さらに車を持っていない私にとっては通勤が困難そうで。札幌駅や大通の方が圧倒的に仕事が多いし、公共交通機関を利用して中心部まで通う方が無難かもしれない。といっても住所や地図を見てもピンとこない。

まずは土地勘をつかむことが最優先だと考えた私は、郁也が仕事に行っている間、観光も兼ねてなるべく外出するようにしていた。その甲斐もあって、徐々に地理をつかんできた。

ひとりで街を歩く度に、郁也が好きそうなお店を見つける度に、本当は郁也と一緒に歩きたかったたな、と思ってしまうけれど。

郁也は新規事業に携わっているから、また一年で転勤ということにはならないと言っていたし、これからも時間はたくさんある。

とにかく今は、観光よりも、一刻も早く仕事を見つけなければ。就職してから一年間コツコツ貯めた少ない貯金は着実に減ってきているし、先のことを考えるとこれ以上減らしたくない。

いい加減本腰を入れて探さねばと意気込んだ私は、家に帰ればネットで求人検索をして、名古屋で経験した文具メーカーの事務を中心に探した。

できれば前職と同じくらいの条件で働きたいけれど、名古屋ほど求人数は多くなく、条件を絞っていくとどんどん件数が減ってしまう。

業種を絞らずに探してみても未経験ＯＫの求人は給与面が引っかかるし、給与面を優先すると経験はもちろん、さらに資格やスキルを求められる。かろうじて事務の実務経験があるとは言えるものの、たったの一年だし即戦力として入社できるほどの資格もスキルも持ち合わせていない。

《もうすぐ上がれるよ》

大通にあるカフェで時間を潰していた私に連絡がきたのは十七時。郁也の部署は月に一度、残業調整で定時上がりの日がある。その日は待ち合わせをして外食をすることにしていた。

カフェを出て会社の前まで行くと、ビルのエントランスからスーツに身を包んだ十人ほどの集団がぞろぞろと出てきて、郁也はその集団の中心で楽しそうに笑っていた。

こうして会社の前まできたのは三度目。その度に郁也はいつもみんなに囲まれて、特に後輩には慕(した)われているのがわかる。

大学時代からそうだった。第一印象はとっつきにくいけれど、それは単なる人見知りで。慣れるとよく喋ってよく笑う郁也はいつも誰かに囲まれていた。

集団から抜けた郁也と合流して、すすきの方面へ歩いて行く途中にある、串焼きが安くておいしいと評判の居酒屋に入った。

いつも車通勤をしている郁也は、月に一度のこの日はお酒を飲むために公共交通機関で出勤していた。

カウンター席に並んで座る。生ビールふたつと串焼きをいくつか注文すると、すぐに運ばれてきた生ビールを半分ほど一気に喉に流し込んだ。

「仕事が見つからない……」

はあー、と大きなため息を吐く。それを見た郁也は「だいぶ疲れてますね」と笑った。

「そんなに条件絞ってんの？」

「そんなことないと思うけど……。良さそうな会社があっても、給料がちょっと引っかかっちゃって」

「名古屋と札幌じゃ全然違うよな。まあ、いつまた転勤になるかわかんないしさ。無理に就職しなくても、派遣とかバイトとかでいいんじゃね？」

郁也は「落ち込むなよ」とまた笑って、運ばれてきた料理に手を合わせた。

派遣やバイト。とにかく正社員にこだわっていたから、その選択肢は考えていなかった。

「え？　でも……」

「外でバリバリ働くより、なるべく家にいてくれた方が嬉しいし。俺、今すげぇ幸せなんだよ。金のことは気にしなくていいから」

郁也はいつもこう言ってくれていた。

もともと私に生活費を出させるつもりはなかったと言って、家賃と光熱費は郁也がほとんど出してくれている。一銭も出さないのは私が嫌だからと説得して、月に数万円だけ受け取ってもらっている状態だ。

私がまともに出しているのは食費くらいだった。出しているというか、買い物に行くのが私だから、必然的にそうなっているだけ。

お金のこともあるけれど、働きたいと思っているのはそれだけが理由じゃない。結婚しているわけじゃない今の私は、世間一般でいうただのニートなわけで。

私に金銭的な負担をかけないようにしてくれることも、幸せだと言ってくれることも嬉しい。

でも――『結婚しよう』とは言ってくれないの？

北海道へ引っ越す前には入籍するのかと思っていたのに、プロポーズをしてくれた日以来、結婚について具体的な話は一度もしていなかった。早く子供もほしいし、郁也が言っていた〝ベタだけど幸せな家庭〟を築いていきたいのに。

〝彼女〟から〝妻〟に立場が変われば、郁也の言葉を素直に喜べるのに。

……ダメだ。言えない。

郁也が今大変な時期なのはわかっているし、ひとつのことにしか集中できない性格なのもわかっている。

これ以上負担をかけたくない。なにより重い女だと思われたくない。

「まあ、そう落ち込むなって。とりあえず食え」

手に取ったねぎまを口元に運ばれて、それをぱくりと食べた。私が飲み込んだのを確認すると、次は豚アスパラ巻、ピーマンの肉詰め、厚焼き玉子と、テーブルに並んでいる料理を次々に私の口へ運ぶ。

それらを拒否することなくかぶりつき、もぐもぐと必死に食べ続ける私を、郁也はずっとニコニコと微笑みながら見ていた。

「……どうしたの？」

「お前、食ってるとこすげぇ可愛いよ。なんかもっと食わせたくなる」

なにそれ。嬉しい。

こういうところ、変わらないな。こういうところ、好きだな。

言葉がなくても大切にしてくれていることはわかっているから、前みたいに『言葉がほしい』と喚(わめ)いたりはしないけれど、それでも。

こういう時、やっぱり言葉は大切だと実感する。たったそれだけのことで、私の心にかかっている靄を全部消し去ってしまうんだから。

ずるいなあ、郁也は。

今はまだこのままでいいやって思わせてしまうんだから。

＊　＊　＊

「川村柚香と申します。よろしくお願いいたします」

四十五度にお辞儀をして「どうぞ」と言われてからパイプ椅子に腰かける。

テーブルを挟んで向かい側には、本日の面接官である四十歳前後の男性がふたり。私が差し出した履歴書をまじまじと見ている。

郁也に相談してから一ヶ月、やっといくつかの企業に応募して面接に辿り着くことができた。

求人サイトを漁りに漁ってやっとわかったことは、なんのスキルもない私が名古屋時代と同じ給与を保障される職に就くなんて無謀だということ。給与面さえ妥協すれば条件が合う企業はあった。

郁也の言う通りいつまた転勤になるかわからないし、契約期間が決まっているバイトや派遣の方がいいのかと悩んだ。それでも求人検索の条件を『正社員』から変更することはしなかった。

『無理に就職しなくていい』『お金のことは気にしなくていい』と言ってくれたのは本当に嬉しかった。でも、そういうわけにもいかない。

正直に言えば甘えたいのはやまやまだった。でも私は、まだ甘えられる立場じゃないから。

「出身、ここじゃないんだね」

面接官のひとりが、左手でこめかみのあたりを掻きながら顔を上げた。

「あ、はい」

「今はひとり暮らし……かな？　なんでわざわざひとりで知らない土地に？」

「え……と」

うまく答えられない私を見て、もうひとりの面接官が言った。

「まさか彼氏についてきたとか？　前にもそういう子いたけど、別れて辞めちゃったから。ちょっとねぇ」

面接でこんなこと言われちゃうんだ——。

そう思われるかもしれないと予想はしていた。でも、こんなにハッキリ言われるとは思っていなかった。

大学時代の就活で痛感していたけれど、私はやっぱり根本的に考えが甘いのだ。

知らない土地にきたことについての返答は考えてきたはずなのに、いざ聞かれるとうまく答えられなかった。嘘っぽくないだろうか、とか、用意していた答えで本当にいいのか不安になってしまって。

ああ、落ちたな。だって私、もうなにも答えられない。

それからもいくつか質問を受けた気がする。でもなんて聞かれたのかもなんて答えたのかもよく覚えていない。愛想笑いをできていたのかすらわからない。

採用の場合は三日以内に連絡すると言われて面接は終わった。結果なんて聞かなくてもわかりきっていた。

「ありがとうございました」と思ってもいないことだけは口から簡単に出てきて、深くお辞儀をして会社をあとにした。

帰り道、コンビニで缶コーヒーを買って大通公園のベンチに腰かけた。

せっかく大通まできたし、カフェでお茶でもして、気晴らしにショッピングでもしようか。ついでに映画でも観てから帰ろうか。

いや、私はまだニートで、次の職のあてなんかないのだから、そんな無駄遣いをしている余裕はない。

いや、いくつか応募はしているけれど、また今日みたいな面接になってしまったらと思うと少し怖い。

——帰ろう。ご飯を作らなきゃ。

ベンチから立ち上がり、設置されているゴミ箱の丸い口に空き缶を入れる。手を離すと、空き缶はカラカラと力ない音と共に暗闇へと吸収されていった。

もう一度、郁也に相談してみようか。

でも相変わらず残業や休日出勤が続いていて毎日疲れているのに、こんな話をしてもいいのかな。

愚痴っぽくなったらどうしよう、郁也を責めてしまうような言い方になったらどうしよう。ただ質問に対して答えられなかっただけで、複雑な出来事があったわけでもないのに、うまく説明できる自信がない。

面接官の言葉が頭の中で何度もリピートされる。

『彼氏についてきたとか？』

彼氏だからダメなのかな。私たちが正式な夫婦だったら、『配偶者あり』に丸をつけていたら、あんなことを聞かれずに済んだのかな。

いや、違う。質問に対して明確な返答をできなかったことが最大の失敗だ。

どうしてちゃんと答えなかったんだろう。今思えば用意していた答えで大丈夫だったような気がするし、例え疑われてもいいから堂々と答えるべきだった。

答えられなかったのは、私はそもそも嘘をつくことが得意じゃないのだ。そして、私たちがまだ『恋人』であることを、他の誰よりも私自身が一番気にしているからだ。

『彼氏の転勤についてきた』という事実が、こんなに不安定なものだと思わなかった。

まだ四ヶ月しか住んでいないのに、私にとってこの部屋は一番落ち着く場所になっていた。郁也の気配や香りが、私のことを包み込んでくれているようで。

でもそれだけじゃこの靄を吹き飛ばしてはくれない。早く郁也に会いたい。郁也の笑顔を見て気持ちが落ち着いたら、また一から頑張ればいい。

今か今かと待ちわびていてもなかなか電話は鳴らなかった。二十一時を過ぎた頃にまだ残業かと連絡してても返ってこない。

いつもこれくらいの時間までには電話がかかってくるし、遅くなる時は必ず事前に連絡をくれている。なんの連絡もなしに遅くなるなんて、こんなのは初めてだった。

なにかあったのかな。もしかして、事故とか？

部屋をキョロキョロ見渡してみたりウロウロと歩き回ってみたり、そんな無意味なことを繰り返してしまう。

ガチャ、と鍵が開く音がしたのは連絡をしてからたったの十分後だった。

「おかえ……」

急いで玄関へ向かうと、靴を脱いでいる郁也の左手にはスマホが握られていた。

私に気付いた郁也は「ただいま」と音を発さずに口だけ動かして右手を上げた。おかえり、という意味を込めて目を合わせると、郁也はショルダーバッグを私の首にかけて、小さく笑って頭にポンと右手を置いた。

「……はい。……そうですよね」

電話をしていたから連絡できなかっただけか、良かった、と安心したいところなのに、ソファーに座った郁也の表情がそうさせてはくれなかった。

眉間にしわを寄せて、眉を八の字にして、電話の相手に返す声はひどく沈んでいた。

郁也が電話をしている間にご飯を温めてテーブルに並べる。

敬語を使ってるし、先輩か上司だろうか。

「ありがとうございます」と言って電話を切った郁也は、「連絡できなくてごめんな」と力なく笑った。いや、口元は弧を描いているけれど、ただ口角を上げているだけのように見えた。

「電話、誰だったの？」

「地元の時の上司。ちょっと相談してた」

「相談？」

「いや、なんか……な。実は、ちょっと悩んでて」

うまそう、と言いながら箸を指にはさんで「いただきます」と手を合わせた。

郁也の目を見て話を聞きたいと思ったから、今日は隣ではなくテーブルを挟んで正面に座った。

「悩み、って？」

「新規事業に携わってるって言ってただろ？　今までずっと準備してて、もうすぐ本格的に始動するんだけどさ。実はリーダー任されることになったんだよ。まだ二年目なのに。期待してもらうのは嬉しいし、頑張りたいとは思ってるんだけど」

そうだったんだ。

郁也から普段聞く話は、後輩がバカなことをしたとか、先輩がこんなことを言ってめちゃくちゃ笑ったとか明るい話題ばかりで、仕事の大変さや愚痴を言うことはほとんどなかった。

聞くまでもなく大変なのはわかっていたし、家に仕事を持ち込みたくないタイプなのかなと思っていたから、私から深く聞くこともしなかった。

今こうして話してくれているということは、私の想像以上に多大なストレスを抱えているのかもしれない。それなのに一緒にいる時はそんな様子を一切見せずに、いつも笑ってくれている。

「後輩のこと指導したり、先輩でも言わなきゃいけない時もあってさ。一年目の時、先輩とか上司にムカついたことも何回もあったから、絶対ああいう奴になりたくないって思ってたのに……結局、俺もなりたくなかった奴になってるなあって」

そんなことないよ、なんて言えなかった。

なにも知らない私が無責任にそんな台詞を吐いたところで、きっとなんの励ましにも慰め(なぐさ)めにもならない。

「先輩の気持ちも後輩の気持ちもわかるから、どうしたらいいのかわかんなくなっちゃって」

そんなこと、考えてたんだ。

郁也に甘えちゃいけない、しっかりしなければと思いながらも、どこかで甘えていた自分を恥じた。

仕事が決まらないのは、結婚していないせいでも郁也のせいでもない。

知らない土地で頼れる人もいなくて、新規事業のリーダーなんて責任も大きいだろうし、今は私との将来を考える余裕なんかなくて当たり前だ。

やっぱり今日の話はしない方がいいよね。初めて転勤の話を聞いた日、郁也は私の仕事のことをひどく気にしていた。私が今相談したら、郁也は自分を責めてしまうかもしれない。

結婚のことだって、仕事が落ち着けばちゃんと考えてくれるはず。ただ今はそのタイミングじゃない、それだけだ。

結婚なんていつでもいいじゃないか。今一緒にいられることがなによりの幸せだって、いつも思っていたじゃないか。

私にできることはなんだろう。なにも知らない私が陳腐な言葉を並べて励ますのは違う気がした。

郁也がこうして話してくれた時に静かに聞いて、好きだと言ってくれた笑顔を絶やさないことが、郁也がホッとできる空間を作ってあげるのが私の役目だと思った。

「あー……ごめんな。愚痴っぽいこと言って」

なにも言わずにいた私を見て、困ったように小さく笑った。

「あ、ううん、大丈夫。……またなにかあったら、話聞くからね」

なにを言えばいいのか散々考えて出てきた台詞がこれだなんて、私はなんて語彙が少ないのだろう。

郁也が安心できるような、笑ってくれるような言葉を言いたかったのに、郁也は「……うん」と言って私から目をそらした。

一番大切な人がこんなにも悩んでいるというのに、自分が情けない。静まってしまった空間で食べるご飯はあまり味がしなかった。

「うまかった！　ごちそうさま。風呂入ってこようかな」

ご飯を食べ終わった郁也がパン、と手を合わせてから立ち上がる。さっきまでとは違い、いつもの明るい表情と口調だった。変になってしまった空気を変えてくれたのだと思った。

郁也が変えようとしてくれた空気をまた壊したくなかったから、話を戻すことはしないことにした。

「お風呂の前に洗濯物出してね」

「ユズがやってよ」

もう、と言いながら鞄を漁りながらも、鞄の中身を隠そうとしないことは正直嬉しかった。

付き合い始めた時からそう、郁也は私との境界線を作ろうとしない。自分のテリトリーに、当然のように私を入れてくれる。

郁也はなんでもかんでも鞄に入れるから、ハンカチやらなんやら洗濯物を取り出さなきゃいけない。チャックを開けると、ピンク色の包装紙に包まれている箱が入っていた。大きさからしてコップかなにかだろうか。

「フミ、これどうしたの?」

それを取り出して、寝室に着替えを取りに行こうとする郁也に見せた。

「ああ、後輩が旅行してきたみたいで、土産くれた」

ピンクの包装紙を選ぶなんて、たぶん女の子だよね。

「そうなんだ。もしかして、中谷(なかたに)さん?」

「よくわかったな」

郁也がする会社の話に、その中でもよく出てくるのが〝中谷さん〟。話に出てくるのはその女の子だけではないのに、なんとなく中谷さんの名前はよく覚えていた。

話を聞く度に、その子フミのこと好きなんじゃないかな、と思っていたから。

根拠なんてなにもないけれど、ただ、なんとなく。

「そうなんだ。包装紙、可愛いね」

「中身なに？」

「知らないよ」

「開けてみてよ」

郁也がもらったお土産なのに、しかも女の子からなのに、私に開けさせるかな普通。

疑問には思うけれど、それでも不安はなかった。

大学の頃みたいに嫉妬はしない。今はもう心から郁也のことを信じてる。

交わした約束

いくつかの会社を受けてみても、どこも似たような面接だった。

『どうして北海道に？』という質問には慣れてきたけれど、私がなんと答えようが、いくら堂々としていようが、面接官の反応はいつも同じ。

学生時代の地獄の就活を思い出してしまう。あんな思いは二度としたくないと思っていたのに、まさかまたこんな日々を送ることになるなんて。

もしかしたら私は、面接でなにか変なことを口走っているのだろうか。それとも、人間的になにか大きな欠陥があって、それが滲み出ているのだろうか。

……あれ、前にも同じことを思っていたっけ。進歩がないなあ、私は。

大学さえ出ていれば人生に余裕が持てると淡い期待を抱いていたはずなのに、最終学歴が大卒なんてなんのブランドにもならないことを思い知った。

正社員にこだわっていたらいつ仕事が決まるかわからない。とりあえず繋ぎでもいいからとにかく働かなければ、と派遣会社に登録してやっと仕事が決まったのは、昼間でも少し肌寒くなってきた八月の終わり頃だった。

月に一度の定時上がりの日、今日は百円で牡蠣(かき)が食べられる居酒屋にきていた。

北海道にきて五ヶ月が経とうとしているのに、観光は思うようにはできていない。けれど居酒屋の開拓だけは順調に進んでいる。酒好きの私たちは、それだけでも北海道へきた価値もじゅうぶんにあるね、と笑い合っていた。

札幌テレビ塔のビアガーデンでジンギスカンを食べた時は、臭みがないラム肉に感動してしまい、お腹がはち切れそうになるほど食べてしまった。

「とりあえず仕事決まったよ。派遣だけど」

「どこ?」

「大通のコールセンター。土日休みみたいだからいいかなと思って」

見ただけで新鮮だとわかるプリプリの生牡蠣に添えてあるレモンを絞り、箸ですくってひと口で頬張る。生牡蠣がつるんと喉を通ると、次はキンキンに冷えた生ビールを流し込む。

ああ、幸せ。なんとか仕事が決まったという安心感もプラスされたビールは格別においしく感じた。

「テレアポ? なんか意外だな」

自分でも意外だと思う。学生時代にテレアポのバイトをしている友達がいたから話を聞いたことがあったけれど、私には絶対に無理だろうなと思っていた。

でもコールセンターの求人が圧倒的に多かったし、電話だけじゃなく事務作業もあるみたいだから、事務経験も生かせると思った。そしてなにより、他の求人よりも圧倒的に時給が高かったのだ。

「大通の何丁目？」

「四丁目」

「近いじゃん。じゃあ終わる時間かぶる日は一緒に帰ろうな」

派遣先のコールセンターは早番と遅番がある。

早番でも終わるのは十八時だから、月に一度の定時デーにこうして居酒屋へくる回数は減ってしまうかもしれないと思っていたけれど、そうか。その代わりに一緒に帰るという楽しみが増えるのか。

一緒に帰れるのならそのまま居酒屋に寄ればいいし、仕事終わりのビールは最高においしいし、今よりも楽しみが増えるじゃないか。

＊＊＊

郁也は残業ばかりだから、遅番の時は一緒に帰れる日も多かった。

秋を通り越して冬がきそうなほどに寒くなってきた十月の半ば。北海道の春も夏も驚くほど短かったけれど、秋も一瞬で過ぎ去りそうだ。一年の半分は冬なんじゃないかと思う。

郁也から連絡がくるよりも少し早く仕事が終わったので、会社の前まで迎えにきていた。

「ユズ」

私に気付いた郁也が右手を上げる。周りにいた人たちも一斉に私を見た。最初こそ恥ずかしかったものの、迎えにきた時はいつもこうなのでもう慣れた。

郁也の後ろからぞろぞろと人が出てくる中のひとりの女の子が、いつも私をじっと見ていることにも気付いていた。

背が小さくて、風になびくサラサラの黒髪と華奢(きゃしゃ)な身体はまさに清楚(せいそ)。目が合った私に向けられた笑顔は人懐っこくて、いい子そうだというのが彼女の印象だった。話したことはないし、他にも女の子はいる。でもなんとなく、あの子が郁也の話によく出てくる『中谷さん』だと思う。

「行こっか」

まだ見られているというのに、郁也は私の右手を握った。後ろから「ヒューヒュー」とわざとらしい冷やかしを受けても、郁也は「バーカ」と笑って返すだけ。

名残惜しそうに立ち尽くしている中谷さんの視線を感じながら、手を繋いで焼肉屋へ向かった。

「飲み会あるんだけど、行っていい？」

運ばれてきた肉をトングで網に乗せていく。左手にはもちろん生ビール。

郁也がこんなことを言ってきたのは初めてだった。今まで会社の人とご飯を食べに行くことはあったけれど、郁也は車通勤だからお酒を飲まずに帰ってきていた。

わざわざ聞いてくるということは、郁也も飲みたいということだろうか。

「飲み会？　珍しいね」

「いや、実は今までも何回か誘われたことあったけど断ってただけ」

「え？　なんで？」

「だって、ユズこっちにまだあんまり知り合いいねぇだろ。俺ただでさえ帰り遅いのに、遊びに行ってもっと遅くなったら寂しくない？」

なにそれ。私が寂しがると思って断ってくれていたなんて全然知らなかった。

こういうところ、好きだなあと思う。いつも当然のように私のことを考えてくれている。

「今回は送別会でさ。世話になった先輩だから、行きたいんだけど」

「いいよ」

「マジ？」

「当たり前じゃん。信じてるから好きにしていいよ。私も会社で何人か仲いい子できてきたし、今度飲みに行こうって話してるから。そんなに気遣わなくていいよ」

私が働いているコールセンターはフロアにオペレーターが二百人ほどいて、そのほとんどが女の子だった。同期入社の子も何人かいるし、年齢が近いからすぐに打ち解けることができた。

「終電までには帰るから」

「迎えに行こうか?」

「お前、俺の愛車、廃車にする気?」

「ひどっ」

以前よりは郁也の休日出勤が減ってきている最近では、休日に観光と運転の練習を兼ねてドライブをしたりしていて、私もそこそこ運転ができるようになってきた。なぜなら助手席に乗っているのが鬼コーチだからだ。

函館も知床もまだ行けていないけれど、小樽運河は行った。『白い恋人パーク』や『さっぽろ羊ケ丘(ひつじがおか)展望台』にも行った。他にも行きたい場所は山のようにあるのに、北海道の大地は広すぎて、とても日帰りじゃ行けないところがありすぎる。

旅行をする時間なんて郁也にはない。でも郁也の仕事が落ち着けば、これからいくらでもいろんなところへ行けるはずだから。

「うそうそ。お願いしようかな。これるところまででいいから」

ペーパードライバーの私は、彼氏を車で迎えに行くというのが小さな夢だったりする。それがやっと叶うわけだ。

本当はお店の前まで迎えに行ってあげたいけれど、中心部は車線が多いし路駐が多いし、運転に慣れてきたといってもほとんど初心者の私からすると恐怖でしかない。

「ユズも、いつでも遊びに行っていいからな」

「うん。ていうか、名古屋にいた時みたいに、お互い自由にしようよ」

名古屋にいた頃はお互い好きな時に友達と遊んだり実家に帰ったり、束縛は一切なく自由にしていた。

お互い連絡はちゃんとしていたから不安になったことも不満に思ったこともない。私たちはそういう付き合い方が合っているのだと思う。

「じゃあさ、一応、門限だけ決めとかない？　この時間を過ぎる時は絶対に連絡する、みたいな」

それは門限というのだろうか。門限というのは、この時間までには必ず帰るっていう約束じゃないのかな。

疑問には思ったけれど、郁也らしい提案に笑った。

「終電の時間も考えて、一時くらい？」

「うん、わかったよ」

「で、お前、歌詞書いてんの？」

郁也が突然話を変えるのにはもう慣れた。

話を変えるというか、とにかく音楽の話をしたがる。

「一応」

「ちょっと見せて」

「え？　絶対やだ。完成するまで絶対見せないって言ったじゃん」

「なんでだよ。俺も作曲したやつ聴いていいから」

「歌詞と曲は全然違うでしょ！」

変わらないなあ、郁也は。今でも私と動画撮影をするのが一番楽しいと思ってくれているのだろうか。

私も変わらないな。ギターを弾いている郁也を見るのが、その隣で歌うのが、今でも一番好きだから。

第四章

変わりゆくもの

飲み会なんてたまに開催される程度だと思っていたら、郁也は職場のメンバーと週に一回くらいご飯を食べに行くようになり、毎回帰りは深夜だった。仕事が終わるのが遅いから、帰りが遅くなるのは仕方ないのだけれど。

一年の終わりに近づく頃、本格的な冬を迎えた街はあっという間に真っ白に染まっていた。

《今日も行くことになった》

メッセージがきたのは十九時を過ぎた頃。

手に持っていたトマトと包丁をまな板に置いた。今日は真っ直ぐ帰るって言っていたのに。

最近はこういうのも増えてきた。確かにお互い自由にしようと話したけれど、せめて、もっと早く連絡がほしい。今日は早番だったし、スーパーに寄ることもなく真っ直ぐ帰ってきたから、もう炊飯器のスイッチは押してしまったしお味噌汁も作ってしまった。

私は職場の女の子と遊びに行くことがあっても必ず早めに連絡している。今までは郁也もそうだったのに、最近はこうして急に連絡をしてくることも時々あった。

ひとりでご飯を食べるのはつまらない。幸いまだおかずは作っていなかったし、ご飯とお味噌汁は明日の朝にでも食べればいいか。とりあえず昨日買っておいたお刺身だけは今日食べなければ。

せっかくの金曜日だしお酒でも飲もうか。もっと早く連絡をくれていたら、私だって誰かを誘って飲みにでも行ったのに。

本人には言えない文句を心の中でブツブツと言いながら、冷蔵庫に入っていたビールを取り出して、お刺身とおつまみになりそうな作り置きをテーブルに並べた。

本当は、お風呂上がりに映画でも観ながら、郁也と一緒に飲もうと思って買っておいたのにな。私が勝手に用意しただけだし、文句は言えないけれど。

「いただきます」

両手を合わせて呟いた声は、テレビの音にかき消された。

お皿に移すことなくパックのまま置いたお刺身に箸を伸ばす。初めて食べた時、北海道はスーパーのお刺身でさえこんなにおいしいのか、とふたりで驚いたっけ。

でもなんだか最近は、名古屋にいた頃のお刺身の方がおいしかったような気がする。変なの。

ふたりで映画を観ていても、音楽が流れる度に郁也は映画の内容よりも音楽の方が気になって。音楽について語り出して『次はなに歌う?』って話になって。

私がいくら『映画に集中させて』と言っても郁也は聞いてくれなくて、最終的に私もまんまと映画なんてそっちのけになって、気付けばエンドロールが流れていた。

いつもそうだったから、一緒に観た映画の内容はほとんど覚えていない。でも、それでも良かった。それでも楽しかった。

金曜日の、仕事終わりのビールなのに、なんだかあまりおいしく感じない。


『今から帰るよ』

郁也から電話がかかってきたのは十二時を少し過ぎた頃だった。電話の向こうはざわざわと騒がしく、終電がもうすぐ到着するというアナウンスが流れている。

地下鉄で帰ってくるということは、今日はあまり酔っていないのか。酔っぱらっている時はタクシーで帰ってくることが多い。

福住(ふくずみ)駅からマンションまでの最終バスはとっくに出ているから、どちらにしろ駅からタクシーに乗らなければいけないのだけれど。

「わかったよ。気を付けてね」

どれだけ頻繁に遊びに行っても、こうして必ず電話をくれるし門限も守ってくれている。文句を言えない大きな理由だ。

インターホンが鳴ったのは電話を切ってから二十分後だった。

車で帰ってくるよりも十分早いはずなのに、この二十分間の方がとても長く感じる。車なら家に着くまでの三十分間はご飯の準備をしてバタバタと動いているし、もうすぐ郁也が帰ってくると思うとわくわくして、あっという間に感じるのに。

「おかえり」

玄関のドアを開けると、郁也は私の首にショルダーバッグをかけて頭をポンポンと撫でた。

「……最近多いね、飲み会」

「もともとしょっちゅう飲み会してたんだよ、あいつら。一回行ったらすげぇ誘われるようになって」

コートを脱ぎながら廊下を歩いていく郁也の口調や表情は一見困っているようだけれど、声はどこか弾んでいるのがわかる。

まるで私に言い訳をするために、困っている自分を演じているようにも見えた。

「可愛がってる後輩たちだし、今まで断ってた分、飯くらい付き合ってやりたいからさ」

ジャケットを脱いで私に預け、ネクタイを緩めてソファーに座る。テーブルに並んでいるビールや酎ハイの空き缶を見て「お前も飲んでたの?」と笑った。

郁也のこういうところ、好きだった。後輩に慕われて、郁也もそれに応えて。郁也らしいと思う。慕ってくれる後輩が可愛いのもよくわかる。でも遅くまで遊ぶ余裕があるなら、私とのこともちゃんと考えてほしい。これからの話をちゃんとしたい。

「……そうなんだ」

言いたいことは山ほどあるのに、私の口からそれらが出ることはなかった。

「シャワー浴びて、俺ももうちょい飲もうかな。まだ酒ある？」

「あるよ。おつまみもあるけど、食べる？」

「食う食う。なんか腹減った」

でも好きにしていいと言ってしまった手前、あまり強く言えない。

郁也と一緒に晩酌（ばんしゃく）したくてたくさん用意してたんだよ、なんてもっと言えない。

今だけだよね。郁也が言う通り、今まで断っていたから、ずっと忙しかった仕事がやっと落ち着き始めているから、溜まっていた分を一気に発散しているだけだよね。

また一緒にいられる毎日がくるよね。

言わずに我慢しているのは郁也のためだけじゃない。下手なことを言って喧嘩になるのが嫌だから。

私はもともと思ったことをハッキリ言う方だった。そのせいで相手を傷つけたり喧嘩になったことも少なくなかった。

喧嘩をするほど仲がいいなんて嘘だ。喧嘩なんて結局はエゴのぶつけ合いで、少なからずお互い傷つく。

郁也のことは傷つけたくない。なにより嫌われたくない。郁也のことを理解して信じていられる、郁也にとって必要不可欠な存在でいたかった。だから、喉につっかえている言葉をぐっと飲み込んだ。

もう誰も好きになれないかもしれないと思っていた私は、郁也と出会ってまた恋ができた。初めて好きな人と付き合えた。隣にいられる幸せを知った。

だから自分から壊すようなことは絶対にしたくない。

この恋を守りたい。

この恋が最後であってほしかった。

＊＊＊

年が明けると、郁也は少しずつ残業が減ってきた代わりに頻繁に飲みに行くようになった。特に金曜日は毎週帰りが深夜だった。

仕事が落ち着きさえすればと思っていたのに、こんなんじゃなにも変わらない。

いや、私の心境は変わっている。仕事なら仕方ないけれど、今は遊びに行っているわけで。

年末年始も名古屋には帰れなかった。今回は郁也の休日出勤じゃなく、社員旅行があったから。

私だけ帰る選択肢もあったのに、なぜかできなかった。

自炊ができない郁也が心配だとか、郁也と一緒にいたいとか、そんな可愛らしい理由じゃない。今は離れちゃいけないと、身体のどこからか警告が出ているような気がしたから。

遊びに行く頻度と比例するように、たまに早く帰ってきた日も休日もギターを弾いてばかりであまり話してくれない日々が増えていった。

そんな郁也の姿を、私はソファーに座って見ているだけ。

ずっとギターを弾いているのは別にいい。寂しいのは、最近ではヘッドホンをつけてひとりで黙々と弾くようになってしまったこと。手に持っているのが、エレキギターに変わっていること。

アンプに繋がっているギターからは、ジャカジャカと音が鳴っているだけ。

「なんで最近ヘッドホンつけてるの？　私も歌いたい……」

ヘッドホンを外したタイミングで言うと、郁也が小さく表情を歪ませたのを私は見逃さなかった。

「なんでって……近所迷惑だろ。別に歌っていいよ」

なにを急に常識人みたいなことを言うんだろう。私が非常識みたいじゃないか。前に私が言った時は『下手なギターならな』とか言って、おかまいなしに弾いていたくせに。

近所迷惑だと思うなら、アンプに繋がなければいいじゃないか。エレキギターなら、そんなに大きな音は出ないでしょう。

それに——歌ったって、私の声は届かないじゃない。郁也に聴いてほしいのに。褒めてくれなくてもいいよ。どれだけ注文をつけても、睨んでも、怒ってもいいよ。だから、背中を向けないでよ。

最近は編集する時間がないと言って動画投稿もしていない。一緒に作っていたはずの曲も今は郁也がひとりで進めているようで、歌詞の進み具合を聞かれることもなくなった。

完成するまで見せないと言ったのは私なのに、聞いてくれなくなったことを寂しく感じるなんて、私がワガママなのだろうか。

「ねぇ、フミ。行きたいところも、話したいことも、たくさんあるんだけど」

声は少し震えていた。

ギターを置いて立ち上がった郁也は、私がいるリビングにくることなく背中を向けたまま寝室のドアを開けた。

「学生の頃と違って、ゆっくり趣味に没頭できる時間すらないんだよ。わかるだろ？」

そんな面倒くさそうに言わないでよ。

わかってるよ。わかってるけど。

「仕事以外の時間くらい好きにさせてくれよ」

私と話す時間も趣味に没頭できる時間もないのに、みんなと頻繁にご飯を食べに行く時間はあるんだね。

……こんなこと言えない。こんな嫌味でしかないことを言ったら、余計に怒らせて喧嘩になるだけだ。

温厚で怒ることなんて滅多になかった郁也は、最近はギターを持っていなくても、急に人が変わったみたいによく怒るようになった。

——違う。

私がちゃんと見ていなかっただけで、見ようとしていなかっただけで、少しずつ変化は訪れていた。

郁也は初めて愚痴をこぼした日以来、会社での話を私にしなくなった。私がたまに聞いてみても「別になにもないよ」と笑うだけだった。

郁也のぎこちない笑顔を見て、私はあの日間違ったのだと思った。かといってなにか言葉が浮かんでくることはなく、火に油を注ぐのが嫌でなにも触れないように過ごしていた。どんどん変わっていく郁也についていけなくて、戸惑うことしかできなかった。

いや、あともうひとつ、できることがある。

郁也の機嫌を損ねないよう、自分の気持ちを押し殺すこと。

守られなかった約束

　廊下を歩く自分の足音が、鍵を回す音が、ドアを開ける音が、やけに頭に響く。リビングの電気を点けると、パッと明るくなった視界に目をそらした。手に持っていたバッグを床に置いてソファーにバタンと倒れこむ。

　今日は朝から体調が悪く、ひどく頭痛がした。最近よく眠れないから寝不足なだけだと思っていたけれど、ガムを食べてもカフェインを摂ってても効果はなく、むしろどんどん悪くなっていく一方だった。

　風邪じゃないかと同僚に言われるまで気が付かなかったのは、私は滅多に風邪を引くことがないからだ。ピピ、と音を立てた体温計を脇から抜くと三十九・四度と表示されていた。

　最悪だ。熱が出たのなんていつ以来だろう。意識が朦朧とするなあとは思っていたけれど、まさかここまで高熱だとは思わなかった。北海道の冬は毎日氷点下が続いていて、経験したことのない寒さでは風邪を引くのも無理はない。

　ガスストーブが部屋を暖めても震えが止まらない。着替えてベッドへ行きたいのに、久しぶりに出た高熱は身体をひどくむしばむ。少し動いただけでも物音がやけに耳に響いて、頭がズキンズキンと割れそうなほど痛む。

息が苦しい。身体に服がこすれて痛い。なにか食べて薬を飲まなきゃとは思っていても、身体の節々が痛くて、だるくて、動く気力がない。

インフルエンザかもしれないし、病院へ行かなきゃ。夜間救急やってる病院って近くにあるのかな。あるとしても、とてもじゃないけどひとりで病院まで行ける状態じゃない。

とにかく寒気がする。ソファーの背もたれに掛けてあった毛布にくるまっても身体がガタガタと震える。あれ、寒いと熱上がるんだっけ。もうすでに三十九度を超えているのに、今より上がっちゃったら私死ぬんじゃないの。

朦朧としながらテーブルに置いてあるスマホを手に取る。画面のライトさえも目をひどく刺激する。

郁也は今日もご飯を食べてから帰ると言っていたけれど、早く帰ってこられないだろうか。

《熱が三十九度以上出ちゃって、だるくて動けないの。夜間救急に行きたいんだけど、早めに帰ってこれない？》

珍しくすぐに返ってきた返事には、一瞬たりとも安心できなかった。

《みんなといるから、まだ帰れない》

――なにを言ってるんだろう。

私が体調を崩した時でさえ遊びを優先するの？

《事情説明して帰ってこれないかな》

目を細めて画面を見ていても、既読がつくことも返信がくることもなかった。

さっきはすぐに既読がついたのにな。一分も経たないうちに返したんだけどな。

ああ、ダメだ。目を開けていることさえ辛い。

リビングの電気を消して間接照明だけつけると、スマホをテーブルに置いて目を閉じた。

ただ意識が朦朧としていたのか、眠れたのかはわからない。

玄関の鍵が開いた音で目を覚ました。近づいてくる足音が頭に響く。

体調は……ダメだ。ちっとも良くなっていない。

スマホで時間を確認すると、画面には4：38と表示されていた。

門限過ぎてるじゃん――。

「おかえり」

リビングのドアを開けた郁也は、ソファーに寝転がったまま言った私を見て「ああ」と小さく漏らした。

今の表情に台詞をつけるのなら『ヤバイ』しかない。

「……まだ起きてたんだ。あ、もしかして起こしちゃった？」

急いで目をそらし、ジャケットを脱いでネクタイを外す。それを受け取って『お疲れさま』と微笑むのが私の役割だったのに、今日はソファーがその役割を果たした。

もし体調が回復していたとしても、今日はジャケットを受け取ることはしなかったけれど。

「熱どう？　下がった？」

どうして、初めて門限を破ったのが、よりによって今日だったの。

いつもなら許せたのに、どうして。

頑なに目を合わせない郁也を見て、気まずいのが嫌でわざとこんな時間に帰ってきたのだと思った。

この人バカなのかな。高熱が出て、病院にも行けない状態で、そんなにすぐ熱が下がると思ってるのかな。

なんとか起き上がってはみたものの、座っているだけで辛い。

シャツのボタンを真ん中くらいまで外した郁也は、いつもすぐに座るはずのソファーではなく、ソファーから少し離れて床に座った。

そうだよね。今は私が座っているから、座れるわけがないよね。目を合わせることすらできないんだもんね。

「……ねぇ、ご飯って絶対に行かなきゃいけないの？」

「え？」

「彼女が高熱出したから帰るって、それくらいも言えない状況なの？」

「……いや、だって。彼女が、なんて、みんな盛り上がってる時にそんなこと言えねぇだろ。空気壊れるし」

彼女だから？　私が妻だったら〝家族が〟体調不良だって言ってくれるの？

「……ねぇ、結婚は？　フミ、結婚しようって言ってくれたよね？　北海道にきてもうすぐ一年経つのに、具体的な話はなにもしてないじゃん」

ずっとずっと言いたくても我慢していたのに、今こんなことを言ったら状況が悪化するだけだとわかっているのに、感情をコントロールできない。我慢の限界だったのか熱のせいなのか自分でもわからない。

郁也は驚いたように目を大きく開いて、数秒間の沈黙ののちに小さくため息を吐いた。

「……悪いけど、今は考えられない」

――〝今は〟ってなに？　じゃあいつ考えるの？

私だってずっとずっと我慢していたのに、どうして郁也が追い詰められているような顔をするの。

心の奥底にしまっていた箱から言葉が次々と溢れ出てくるのに、身体が小刻みに震えて、それをうまく口から吐き出すことができない。思考回路がぐちゃぐちゃだった。

郁也は今どんな顔をしているのだろう。間接照明しかついていないリビングでは、私から顔を背けて俯いた郁也の表情がよく見えない。

「……疲れたから、もう寝るわ」

立ち上がった郁也は、寝室のドアの奥に消えていった。

暗い部屋にポツンと座ったままの私の目は、じわじわと熱を帯びていた。

今まで、些細なことがキッカケでくだらない喧嘩をしたことは何度かある。けれどその度に、郁也は何事もなかったみたいに話しかけてきて、私も最後には笑っていた。

これは大丈夫な喧嘩なのかな。最後に笑い合えるような、いつか笑い話にできるような喧嘩なのかな。

大丈夫だって思いたいから、いつか笑い話にしたいから。だから、郁也。

ちゃんと私の目を見てよ。

翌日、市販の薬を飲んで少しだけ熱が下がった私は、結局ひとりで病院へ行った。

郁也に病院まで送ろうかと言われたけれど、二日酔いの人に運転させたくない。なにより機嫌をとるにしても遅すぎる。

郁也は基本的に謝らないし、私も今回ばかりは謝りたくない。だから、もう怒ってないよ、の意味を込めて「ひとりで大丈夫だよ」と微笑んだ。

そう、郁也から謝られたことは一度もない。謝ってもらわなければ収拾がつかないほどの喧嘩をしたことがないし、今までそれを気にしたことはあまりなかった。

けれど今、強く思う。

ひと言でいいから『ごめん』と言ってほしい。そうしたらきっと、私は笑って許せるのに。

インフルエンザではなくただの風邪だと診断されて、処方された解熱剤を飲むと、あんなに苦しかったのが嘘みたいにたったの一日で平熱に戻った。それでも頭痛や耳鳴りは多少残っていたけれど、なんとか動くことはできる。

薬を飲んだだけでこんなにも楽になれるのなら、胸の苦しみを治す薬もあればいいのに。

氷点下の街

その日を境に、郁也は毎日のように遊び歩いた。

前は車通勤だからとお酒は飲まずに帰ってくることが多かった郁也も、今となっては会社に車を置いたまま飲みに行って、翌日は苦手な早起きをして、あまり好きではなかったはずの公共交通機関を使って出社する。

事前に連絡がくることもあれば急に連絡がくることもある。急に連絡がくるだけで困るのに、連絡もなしにご飯を食べに行くこともある。作ってしまったご飯は、ラップに包まれて冷凍庫で眠っている。

門限を守らないことも増えていった。『今から帰る』の電話はいつからかかかってこなくなっていた。自分で門限を決めたくせになんて勝手なのだろう。私は今でもちゃんと守っているのに。

郁也がいないことをわかっていても、必ず約束を守っているのに。

「飯ある?」

突然玄関のドアが開く音が聞こえたかと思えば、ネクタイを外しながらリビングにくる。そしてこうして当然のように聞いてくる。

確かに今日はご飯を食べに行くと言ってはいなかったけれど、連絡もなしに帰ってこない日もあるじゃないか。せっかく作ったご飯が無駄になるのは嫌だから作ってないよ。

そう言ってやりたいのに、私は目を細めて口角を上げて「あるよ」と答えていた。飲みに行くことがわかっている日はコンビニで済ませるけれど、連絡がない日は念のため今でも作っている。

仕事で疲れているのに、家に帰ってもご飯が用意されていないのは可哀想だから。家に帰れば温かいご飯が用意されている家庭が郁也の理想だから。

いつの間にそんな思いが消えたのだろう。無駄になるかもしれないとわかっていながらもご飯を用意するのは、郁也になにも言わないのは、口角を上げるのは。

どうして、だろう。

「ユズ、明日何時上がり?」

「遅番だから二十時くらいかな」

「そっか。俺もたぶんそれくらいだから、久しぶりに一緒に帰るか」

数ヶ月前までは当然のようにあった会話なのに、私の心臓はドキリと大きく波打った。

一緒に帰ろうなんて、まだそんなことを言ってくれるんだ。何ヶ月ぶりだろう。

「うん、わかった」

そうか、郁也は今でもそんな時間まで残業しているのか。

私はもう郁也の仕事が忙しいのかわからない。前みたいに会社の話をしてくれることもないから、今どういう状況なのかまったくわからない。

私たちは無言のまま淡々と食事を口に運び続けて、テレビに向かって笑いかけていた。


翌朝、郁也のスマホのアラームが鳴った。

郁也はもう起きていて、今はシャワーを浴びている。私は遅番だからまだ時間があるし、なんだか身体がだるいからもう少し眠りたい。

置き去りにされているスマホに人差し指を伸ばして『停止』をタップすると、次に画面に表示されたのは『パスワード入力』という文字だった。

郁也はスヌーズを解除し忘れることがしょっちゅうだから、今までもこんなシーンは何度もあった。けれど私の記憶が正しければ、付き合い始めてから今まで、パスワード入力画面が表示されたことなんてなかった。

「フミ、ロックなんてかけてたっけ?」

リビングに戻ってきた郁也に聞くと、ピクリと反応を見せた。

「あー……飲み会の時、酔っぱらった後輩にスマホ見られそうになって、ロックかけたんだよ」

嘘──だと思った。根拠はないけれど、確信があった。

私はそれだけ郁也のことを見てきたつもり。ずっとずっと郁也を見てきたから、嘘をついていることくらい私にはわかる。

浮気──してるのかな。

ずっと胸の奥底にしまっていた疑問が浮かぶ。こんなこと思いたくないのに。疑いたくないのに。ずっと考えないようにしていたのに。でもそう考えると辻褄が合ってしまう。

問いただすところだろうか。でもここで問いただしたらどうなるんだろう。

私の勘違いだとしたら郁也を怒らせてこの状況が悪化するだけだし、本当に浮気をしていたとして、それを郁也が認めたら、私はどうするんだろう。どうしたらいいんだろう。

「……そっか。人気者は大変だねぇ」

口角を上げて目を細めた。私はもうずっとこうだ。言いたいことを言えずにただ笑うだけ。熱を出した日のことだって、お互い一切触れなかった。

無理矢理に作った笑顔が郁也に届くことはなく、目を合わせないまま私に背中を向けた。背中を向ける直前に郁也が安堵(あんど)した顔をしたことに気付いても、なにも言えなかった。

「気を付けてね。いってらっしゃい」

「……うん」

いってきます、くらい言ってよ。

追及する勇気なんて私にはなかった。大学時代に斉藤さんが郁也に言い寄っていた時は聞けたのに、どうして今は聞けないんだろう。

違う。聞けないわけじゃない。聞かないだけ。

大丈夫、郁也が浮気なんてできるような人じゃないことは私が一番よくわかってる。ロックをかけたのはなにか理由があるんだ。そもそも嘘をついているなんて私の勘違いで、本当に後輩に見られそうになったのかもしれない。大丈夫。私は郁也を信じてる。

――信じてる？

違う。郁也を失うのが怖いだけ。

万が一、本当に浮気しているとしても大丈夫。浮気なら許せる。謝ってくれたら、きっと許せる。

最後に、私のところに帰ってきてくれるなら。

《飯行くことになった》

二十時になり仕事を終えてスマホを見た私の目には、そんなメッセージが映っていた。

なに、それ。

私と約束していたのに。一緒に帰ろうって言ったの郁也なのに。

ねぇ、どうして？　どうして断らないの？　どうしても断れない状況なの？

「ユズちゃん、どうしたの？」

更衣室でスマホを持ったまま立ち尽くしている私を見て、同期で一番仲がいい女の子が言った。

「あー……彼氏と帰る約束してたんだけど、職場の人とご飯食べに行くことになったみたいで……」

どうしてこんなことで落ち込んでいるのだろう。わかったよ、じゃあ今日は先に帰ってるね、家で待ってるねって、何ヶ月前までなら言えたのだろう。

何ヶ月前ならこんなことで不安にならずに済んだのだろう。

「じゃあ一緒にご飯行かない？」

「え？　いいの？」

「当たり前じゃん。せっかくの金曜だし飲みに行こうよ」

にっこりと微笑んで、早く行こうと私の腕に細い腕を絡める。

ひとりで帰るしかないと諦めかけていた私はホッと胸を撫でおろした。今日はひとりになりたくなかった。家にひとりでいることなんて、もうとっくに慣れたはずなのに。

《私も職場の子とご飯行くことになったから、終わったら連絡してね》

郁也に連絡だけして、すすきの方面までふたりで歩いた。

郁也と行くのは居酒屋ばかりだけれど、女の子同士だとダイニングバーへ行くことも多い。テーブルごとにカーテンで仕切られているこのダイニングバーは、料理もおいしいしお酒の種類も豊富で、私たちのお気に入りのお店だった。

お互い彼氏がいるからいつも彼氏の話ばかりしていたのに、今日はなぜか話す気にはなれなくて聞き役に徹していた。

なにを話したらいいのかわからない。彼氏の愚痴を言い続ける彼女を見て羨ましいとさえ思った。私も彩乃に郁也の愚痴を言ったりしていたのに。その時は本当に怒っていたのに。

もしかしたら、愚痴を言うことさえも幸せの証だったのかもしれない。

そんなことを思いながら彼女の話に相槌だけ打ち続けた。

「あ、もうすぐ終電だ。彼氏は？　連絡きた？」

すぐそばに置いてあるスマホは一度も鳴っていない。一応確認してみたけれど、やっぱり連絡はきていない。

帰る支度をしながら連絡をすると、すぐに《もうすぐ解散》と返ってきた。

良かった。遅くなってもちゃんときてくれるんだ。

「もうすぐ解散だって」

「そっか、良かった。じゃあ、また月曜ね」

手を振ってすすきの三番出口に消えていく彼女を見送った。

そういえば、郁也はどこにいるんだろう。今日は車で出勤していたけれど、お酒は飲んだのかな。もし飲んでいるなら地下鉄で帰るわけだから、早くきてくれないと終電が出てしまう。

《今どこ？　お酒飲んでる？　もう終電出ちゃうよ》

メッセージを送ってみてもなかなか返信がこない。電話をしても出ない。両手でスマホを握り締めながら、微動だにしないスマホの画面を何度も何度も確認する。

郁也と合流しやすいよう駅の構内ではなく外で待ちながら、早く早くと連絡を待っている間に終電の時間が過ぎてしまった。

何度目かの電話をかけようとした時、やっと震えたスマホの画面にメッセージが浮かび上がった。

《やっぱりまだ帰れない》

え？　まだ帰れないって、なんで？

「……ちょっと、待ってよ」

せめてもっと早く、終電がなくなる前に連絡してよ。

郁也に何度メッセージを送っても、電話をかけても、一切反応がない。既読もつかない。もう電車はないし、タクシーで帰るといくらかかるかわからない。今日はもともと外食する予定じゃなかったし、けっこう飲み食いしてしまったから手持ち金があまりない。

ここからマンションまでは徒歩二時間以上かかる。待っている間に冷え切ってしまった身体で、この氷点下の中を二時間も歩けるだろうか。

車で帰ると思っていたから、こんな日に限って薄着で。前にもこんなことがあった気がする。確か北海道へ越してきた日だったっけ。

私も郁也も薄着だったから、三月の北海道の寒さに驚いて、ふたりで肩をすくめて、でも笑い合って。

まだ一年も経っていないのに、遠い昔の出来事のように感じるのはどうしてだろう。

スマホのナビを使いながら歩いて帰るしかない。でもこういう時に限って充電がほとんどない。そういえば昨日は疲れ切っていて、充電するのを忘れて寝てしまった。

悪いことって重なるものだ。乾いた笑いは白い息となって、ゆらゆらと空に消えていった。

すすきのからマンションまで歩いて帰ったことなんてないし、道はまったくわからない。郁也の運転ですすきのにきたことはあるけれど、いつも窓の外ではなく郁也のことばかり見ていた。こんなことになるなら、外にも目を向けて、少しでも道を覚えておけばよかった。バカだなあ、私は。

ナビを起動したまま二時間以上もつだろうか。もし途中で電源が切れてしまったら、本当に帰ることができなくなってしまう。道に迷ったら洒落(しゃれ)にならないし、郁也からの連絡を待つしかない。

とりあえずどこでもいいからお店に入ろう。いつ連絡がくるかわからないこの状況で、薄着のまま外で待つのは自殺行為だ。

そういえば学生時代、いつも大学から家までの三十分間を一緒に歩いていたっけ。郁也と一緒なら二時間もあっという間に感じるのかな。さすがに遠いかな。郁也はまだ、徒歩三十分の距離を一緒に歩いてくれるのかな。

南四条のファーストフード店でホットコーヒーだけ注文し、二階の窓際の席に座った。温かいコーヒーが冷え切った身体の奥に深く染みていく。

ぼうっと窓の外を眺めていると、赤い帽子をかぶっている外国人の男の人が笑いながらこちらを向いていた。

終電の時間をとっくに過ぎているというのに、すすきのの街はまだ賑やかで。みんな、楽しそうだな。今日は金曜日だし、始発まで飲むのかな。カラオケのフリータイムでも行くのかな。そういえば私も、金曜日は彩乃と朝まで歌っていたっけ。いつ連絡がくるかわからないし、私もカラオケに行こうかな。でも今は歌う気分じゃないな。

カラオケ、大好きだったのに。高校時代も大学時代も、彩乃たちとしょっちゅう行ってたな。最近はあまり行っていない。どうして行かなくなったんだっけ。

ああ、そうだ。カラオケで歌うよりも、郁也のギターで歌う方が何倍も気持ち良かったからだ。

懐かしいな。彩乃に会いたいな。連休は帰ってくるって言ってたじゃん！って怒られたし、次の休みはひとりでも帰ろうかな。彩乃のことを思い出すと、胸の奥がじんわりと温まった気がした。

久しぶりに行きたいな、錦三丁目。郁也と出会ったのも錦三丁目のカラオケだったたっけ。

最近、動画撮影してないな。いつからしていないっけ。

郁也と笑い合っていた日々を、当たり前に隣にいられた日々を鮮明に思い出せないのは、見慣れていないこの真っ白な景色のせいだろうか。

郁也から電話がかかってきたのはお店に入ってから二時間後だった。

スマホの充電は、残り七パーセント。

『今どこ？　もう家？』

なにを言ってるんだろう。ていうか、第一声がそれなんだ。

「家になんか帰れないよ」

無意識に声が低くなる。嫌な言い方をしてしまったとは思ったけれど、他になんて言えばいいのかわからない。

「今すすきのにいる」

店名を言うと『わかった』とだけ言って電話が切れた。

……あ。私、なにしてるんだろう。カード使えば良かったじゃん。バカだなあ、私は。

五分も経たずに郁也は車で迎えにきた。お酒は飲んでなかったんだ。

明日は休みだし、会社まで車を取りに行くのが面倒だったから？　それとも、私が待っていると思ったから？

前者の方がまだマシだと思った。もしも後者なら、また感情のままに罵（ののし）ってしまいそうだった。私が待っていることがわかっていたのに、どうしてもっと早くきてくれなかったの、と。

窓の外を見ながら、郁也の話に相槌だけ打ち続けた。郁也も途中から喋らなくなった。

なにも言わなかった。なにを言えばいいのかわからなかった。

私と約束していたのに、どうして断ってくれなかったの？　もう終電がないのに、どうしてきてくれなかったの？　どうして――『ごめん』って言ってくれないの？

落ち着かなければと自分に言い聞かせているのに、郁也を責める言葉ばかりが溢れてくる。こんなに一緒にいるのに、ずっと一緒にいたのに、もう郁也がなにを考えているかわからない。


家に帰ると、郁也はコートとスーツのジャケットを脱いでソファーにかけた。

無言のまま寝室のクローゼットから着替えを取り出してバスルームへ向かう。

郁也が出てきたら私もお風呂に入りたい。ファーストフード店は暖房はついていたけれど、身体を芯から温めてはくれなかった。

暖房が弱かったのだろうか。窓側に座っていたせいだろうか。それとも。

「ユズ」

いつの間にかソファーで眠ってしまっていた私の肩を郁也が小さく揺らす。懐かしい手の感触に、うっすらと目を開けた。目の前にある郁也の、奥二重の大きな目。大学の頃よりも短くなった、少し癖のある前髪。

毎日一緒にいるのに、こんなに近くで、こんなにハッキリと郁也の顔を見たのはいつ以来だろう。懐かしいとさえ思った。毎日会って毎日同じベッドで眠っているのに、変なの。

「こんなとこで寝たら風邪引くぞ」

なにを言ってるんだろう。平気で二時間も待たせたくせに。

暖房で部屋はすっかり暖まっているというのに、右手でさすった肩はまだ冷たかった。

ちゃんとお湯に浸かって温まってから眠りたい。また風邪を引いてしまったら困るし、あんな辛い思いは二度とごめんだ。でもお風呂に入る気力がない。なんだかもう動きたくない。

「……ちゃんと、ベッドで寝よう。おいで」

立ち上がった郁也は、大きな右手で私の左腕をつかんだ。

寝室へ繋がるドアを開けると、キンとした冷気が私の身体を包んだ。腕を引かれたままベッドにもぐると、シーツも毛布もひんやりとしていた。

「俺、明日から三連休なんだけど」

言いながら、小さくうずくまる私を両手で包み込む。お風呂上がりの郁也の身体は少し熱を帯びていて、包まれた私の身体もじんわりと温まっていく。

着替えたいけれど、ベッドから出ることをせずに、うずくまったまま「うん」と答えた。

「ユズもだろ？」

そうか。月曜日は祝日か。さっきは『また月曜ね』と別れてしまった。

「……ん」

大学の頃は毎日が過ぎていくのが早すぎて、一日二十四時間じゃ足りないと思うことが何度も何度もあった。最近は一日一日が果てしなく長くて、一刻も早く一日が終わってくれることばかり願っている。

夜になれば、日付が変われば、朝方になれば、郁也が帰ってくるから。

前みたいにたくさん話すことはなくなってしまったけれど、それでも。

それでも、一緒にいれば、早く時間が過ぎれば、昔のふたりに戻れるんじゃないかって——。

「今回は予定入れてないから。どこ行きたい？」

「……寒いから、家にいたい」

なにも浮かばない。行きたいところ、たくさんあったのに。

「そっか。じゃあ、久しぶりに家で撮影でもしようか。なに歌いたい？」

「……なんでもいいよ」

なにも浮かばない。歌いたい曲、たくさんあったのに。

「……春になったらさ、円山公園にでも花見しに行こうよ。今年はバタバタしてて行けなかったし。でさ、また春ソング撮ろう」

小さな子供を寝かしつけるように、私の背中をポンポンとゆっくり撫でた。

「……ん、そうだね」

春まで——私と一緒にいてくれるの？

次の撮影の話をするのが大好きだったのに、どうして笑えないのだろう。どうして心が躍らないのだろう。

なにも感じない。もう疲れた——。

身体が芯まで冷え切っている状態ではなかなか眠りにつくことができなくて、でもなにを話せばいいのかわからなくて寝たフリをした。静まり返った寝室には郁也の寝息がかすかに鳴っていた。

ずるいなあ。どうしてこんな状況で、そんなにすぐ眠れるのだろう。

私はいつから、郁也になにも言えなくなってしまったのだろう。

私はいつから、郁也が隣にいるのに、なかなか寝付けなくなってしまったのだろう。

よほど疲れていたのか、目覚めると昼過ぎだった。うっすらと目を開けても、隣に郁也はいなかった。

ベッドからおりてドアを開けると、リビングには着替えている郁也の姿があった。

「あ、起こしちゃった？　やっぱり今日出かけることになって……」

財布やキーケースをポケットに入れていく。

明るい口調で言いながらも目は泳いでいた。動揺を隠しきれていない郁也を見て、私が起きる前にそっと家を出ようとしていたことくらいすぐにわかった。

いつからだろう。こうして出かける時、決して私の目を見なくなったのは。

「……たぶん、帰り遅くなると思うから」

黙ったまま立ち尽くしている私の視線に耐えきれなくなったのか、言いながら背中を向けた。

予定ないって、言ってたのに。

不思議とショックは受けなかった。もう慣れたのかもしれないし、こうなることはわかっていた気もする。

「……ん」

言葉が出てこないのはどうしてだろう。

『おはよう』と笑うことも、『また出かけるの？』と怒ることも、『行かないで』と泣くこともできない。

感情のまま取り乱せたら、少しは気持ちが楽になるかもしれないと思うのに。

氷点下の街は、私の身体だけではなく心までも凍らせてしまったのだろうか。

いってきますと言わなかった郁也の背中に、いってらっしゃいとは言えなかった。

第五章

郁也が前みたいに戻ってくれることを願っていた。戻ってくれると信じていた。

思えば私たちは今までずっと平穏に過ごしてきた。大きな壁が立ちはだかったことがなかった。

だから。

今までが幸せすぎたんだ。その分、今一気に降りかかっているんだ。きっとそう。

もしも、もうダメかもしれないと思う日がきても、絶対に諦めないと思っていた。

もしも目の前に大きな壁が立ちはだかっても、絶対に乗り越えるつもりだった。乗り越えようと思っていた。乗り越えられると思っていた。今がその時なんだ。

だから。

この壁は乗り越えなければいけないもので。そうすればきっと、また笑い合える日々が戻ってくる。

でも——乗り越え方がわからない。

私は知らなかった。

そのためには〝一緒にいたい〟という想いが通じ合っていることが大前提だという

ことを。

私は考えたこともなかった。

〝一緒にいたい〟という想いが、一方通行になってしまうかもしれないということを。

＊＊＊

《今日は帰らない》

二月に入って二回目の金曜日。

日付が変わる頃に受信したメッセージを見て、缶ビールを持ったまま一瞬頭が真っ白になった。

帰らないって、どういうこと？

こんなのは初めてだ。どんなに帰りが遅くても連絡がこなくてもなにも言わなかったのは、最後に帰ってきてくれると信じていたからなのに。

誰かの家に泊まるっていうこと？　家に泊まるほど仲のいい友達がいるの？　それとも――。

わからない。だって私は、もう郁也のことをあまり知らない。郁也にとって一番近い存在だと言える自信がない。こんなに近くにいるのに、とてつもなく遠い。

《嫌だ。遅くなってもいいから、ちゃんと帰ってきて》
引き留めたのは初めてだった。また身体のどこかから警告が出ている。引き留めなければいけない、と。
返信はこない。電話にも出ない。待っても待っても、郁也からの連絡がくることも、目の前にあるドアが開くこともなかった。
眠ることなんてできなかった。ただ目を閉じて開ける動作を何度も繰り返しているだけ。何度目を開けても、そこに郁也の姿はなかった。

ポツンとソファーに座っていた私の視界にやっと郁也が映ったのは昼過ぎだった。

「……仕事は?」

リビングのドアを開けた郁也は、私を見て開口一番にそう言った。

私からの連絡を無視して、こんな時間に帰ってきて、第一声がそれなんだ。土曜日なんだから休みに決まっているのに。

「休みだよ」

「……そう、だよな。あー……腹減ってる? なんか買ってくるけど、なに食いたい?」

どうしてそんな普通に話せるんだろう。

普通じゃないか。テレビをつけたり冷蔵庫を漁ってみたり、なにかしているフリをしながら一度も私の方を見ない。

賑やかになったリビングに私たちの声はなかった。

怒りたかった。どうして、どうして、どうして、と無限に出てくる不満も不安も全部ぶつけてしまいたかった。

それなのに言葉が出てこない。我慢の限界を通り越して、感情が爆発する前に思考回路がショートしたようだった。なにも考えられなくて、どうしたらいいかわからなかった。

だから、大きく深呼吸をしてから、口角を上げて目を細めた。

「残りものでいいなら、あるけど」

「そっか。食う食う」

「すぐ準備するね」

ソファーから腰を上げてキッチンへ向かった。

冷凍庫には保存容器に入っている食材がぎっしり詰まっている。でも日付を書いていなかったから、どれがいつ作ったものなのかもうわからない。なるべく記憶に新しいものをいくつか取り出して温めながら、急いでスープも作った。

サラダも作りたかったけれど、レタスもきゅうりもトマトも少し傷んでいた。

温めた料理をテーブルに並べていっても『うまそう』と笑ってくれることはなかっ

た。

「俺、きんぴらは甘い方が好き」

小鉢に入っているきんぴらごぼうに手を付けた郁也は、無表情のままひと言そう言って、他の料理を口に運んでいった。

きんぴらごぼう作ったの、初めてじゃないんだけどな。前に作った時はうまいうまいって食べてくれたのに。

もしかして、本当はずっと、口に合わなくても我慢して食べてくれていたのかな。他にもたくさん、本当は我慢してくれていたことがあったのかな。幸せだと思っていたのは私だけだったのかな。

テーブルに並べた料理を郁也が完食することはなかった。食べるって言ったの、郁也なのに。


郁也はもう出かける予定がないのか、再び家から出ていくことはなかった。

スライドドアの向こうからエレキギターの音が聞こえてくる。郁也が奏でるギターの音色が大好きだったはずなのに、今はただジャカジャカと鳴っているだけに聞こえる。

大きなドアに遮(さえぎ)られているせいだろうか。それとも、聞こえてくるのがｂａｃｋ

ｎｕｍｂｅｒの曲じゃないからだろうか。

じわじわと熱を帯びていく目をぎゅっと閉じて、開けた。大きく息を吸って、吐いた。

ソファーから立ち上がり、目の前に立ちはだかっているスライドドアに手をかける。

カラカラと力ない音を立てて開いたドアの先には、ヘッドホンをつけている郁也の背中があった。

「フミ」

指先で背中とトントンと軽く突く。

手を止めて振り返った郁也はヘッドホンを外して、アンプとギターを繋いでいるコードを抜いた。

そんなことにさえホッとした。まだ私の話を聞いてくれるんだ、と。

私の目を見ては、くれないけれど。

「……仕事、まだ忙しいの？」

かすれた声は少し震えていた。ドクドクと速まっていく鼓動に比例するように手も震え出した。

――怖い。

笑わない郁也を見て素直にそう思った。

キッと睨みつけられたことも、怒られたことも、何度もあるのに。それでも怖いと思ったことなんて一度もなかったのに。

どうして今、私の中はこんなにも『怖い』で埋め尽くされているのだろう。

「どういう意味？」

背中を向けられたままでも声のトーンでわかる。郁也が苛立っていることが。

怖い。怖い。どうしようもなく、怖い。

「……飲みに行くのは、もちろん、いいんだけど。……たまにでいいから、もう少し、帰ってこられないかな。前は……ここまで頻繁に行ってなかったよね？」

私、今まで郁也とどうやって話していたっけ。どういう風に聞けばいいのか、どういう風に言えばいいのかわからない。

なにを言えば郁也が怒らないのか、笑ってくれるのか、もうわからない。

「だから、断ってただけだって。前に言ったろ」

「……そ、か。でも正直……毎日ずっとひとりでいるのは、寂しいっていうか」

「寂しいのはわかるけど、上司に誘われる日もあるし、取引先と会食もあるし。断るわけにいかねぇだろ」

上司や取引先と飲みに行っているなんて、今までそんなことひと言も言っていなかったのに。教えてくれていたら私の心境も少しは違ったのに。ずっとずっと遊び歩いているだけだと思っていたのに。

どうして言わなかったの？　私が聞かなかったから？　それとも――嘘？

例え本当だとしても、私に非があったとしても、このタイミングでそれを言うのはずるい。

「でも、毎日そんな遅くまで……」

やっと私を見てくれた郁也に安心することなんてできなかった。

郁也の表情は、今まで見たどんな表情よりも、怒りに満ちていた。

「家でヘラヘラ笑ってるだけのお前にはわかんねぇよ！」

初めて聞いた郁也の怒鳴り声に、身体が大きく跳ねた。

あんなにも大切に扱っていたギターを乱暴に床に置く。その反動で小刻みに震えた弦が力なく鳴った。

笑ってる顔が好きだって――言ってくれたのに。

「お前と違って正社員で働いてて、責任とかいろいろあるんだよ。言われた仕事だけこなして毎日定時で帰れるお前にはわかんねぇだろうけど」

正社員じゃなくていいって言ったの郁也じゃん――。

反射的に出かけた言葉を飲み込んだ。こんなのは言い訳だ。

最初はあんなにも正社員にこだわっていたのに、面接がうまくいかないからって、郁也に言われてすぐにその選択肢をあっさり捨てた。まだ甘えられる立場じゃないことをわかっていたのに、結局甘えてしまっていたのは事実だ。なにも言い返せない。

今回だけじゃない。私はきっと、ずっと郁也に甘えていた。

再び私に背中を向けた郁也は、床に置いたヘッドホンをつけて、ギターを持って、アンプを繋げた。

背中を向けられたというのに、私はどこかでホッとしていた。怒りに満ちた顔を見るくらいなら、冷たい目を向けられるくらいなら、背中を向けられる方が何倍もマシだった。

いつからだろう。『歌って』と言ってくれなくなったのは。言われなくても私が勝手に歌うようになったからかな。

聞こえてきたメロディーは、途中まで弾いていた曲ではなく『思い出せなくなるその日まで』だった。ゆっくりとイントロが流れていく。

どうしてこんな時に、よりによってこの曲を弾くのかな。全然違うアーティストの曲を弾き続けてくれていたら、この場から離れることができたのに。

カーテンが開いたままの窓の奥には、ちらちらと雪が降っていた。北海道の雪はふわふわしていて綺麗だけれど、それを見ても心が躍ることはなかった。

いつだったかな。雪が降ったら『思い出せなくなるその日まで』の撮影をしようと話しながら、雪が降るのを楽しみに待っていたことがあった。でもその年はあまり雪が降らなくて、あっという間に溶けてしまったから、結局撮影できなかったっけ。

ねぇ、雪が積もってるよ。いつでも雪の中で撮影ができるよ。雪が溶ける前にって急がなくてもいいよ。

もうｂａｃｋ ｎｕｍｂｅｒの最新アルバムが出てるよ。郁也はもう買ったの？家にはないし、まだ買ってないのかな。それとも、車に置いてあるのかな。

私、予約するの忘れちゃったんだ。だって、郁也が予約したのか聞いてなかったから。郁也が予約したのなら、私はしなくてもいいんだよね？

『予約するの一枚だけでいい』って、言ってたよね？

「……ねぇ、フミ」

疲れてるんだよね。毎日残業して、終われば後輩や取引先とご飯を食べに行って、夜遅くに帰ってきて——うまく笑えない私と一緒にいて。

私、どうやって笑っていたっけ。もう笑い方を忘れてしまった気がする。

郁也との距離は、たったの一メートル。手を伸ばせば簡単に届く距離なのに。

初めて講義室で練習をした日、向かい合っているパイプ椅子の距離は一メートルしかなくて、あの頃はとても近く感じたのに。

今、一メートル先にいる郁也の背中は、果てしなく遠い。

「……私のこと、好き？」

郁也の背中に呟き、ギターの音に乗せて静かに歌った。

もう私の声は届かないんだね──。

＊＊＊

《ちゃんと話そう》

メッセージを送ったのは二月の終わり。もうこんな状態が二ヶ月も続いている。ううん、もっと前から、着実に溝が深まっていた。

メッセージは郁也に届いているのだろうか。なかなか返信はこなかった。

もしかしたら今日も帰ってこないつもりなのかと不安に駆られていた私に『今から帰る』と電話がかかってきたのは深夜だった。

電話を切った三十分後に玄関の鍵を開ける音が聞こえて、コートとジャケットを手にリビングのドアを開けた。

郁也がインターホンを鳴らさなくなったのが先だっけ。私が出迎えなくなったのが先だっけ。ほんの数ヶ月前のことなのに、どうして思い出せないのだろう。まるで記憶に靄がかかっているみたいだ。

ソファーに腰かけた郁也を、床に座ったまま真っ直ぐに見た。

「……正直に話して。浮気してるの？」

こんなこと聞きたくなかった。聞かないつもりだった。

でも逃げてばかりじゃなにも変わらない。それどころか悪化していく一方だ。いい加減ちゃんと話さなきゃダメだ。

「してねぇよ。俺が浮気できるわけねぇだろ」

聞いたことのある台詞。前に聞いた時は、怒りながらもちゃんと郁也のことを信じていたっけ。

どうしてあの頃みたいに信じることができないのだろう。どうしてあの頃みたいに、真っ直ぐに目を見て言ってくれないのだろう。

あの頃みたいに『ユズだけが好き』って、もう言ってくれないの？

「……中谷さん、は？」

——ああ、郁也はやっぱり嘘が下手だね。

私はおかしくなってしまったのだろうか。あからさまに目を泳がせている郁也を見て、同時に安心もした。

郁也はこんなにもわかりやすい。そうじゃなくても、私は郁也が嘘をつけば見破る自信がある。小さな変化でもきっと気付ける。

だって私、本当はずっと気付いていた。

「あいつは……そうじゃなくて。……わかったよ。ちゃんと話す」

暖房をつけているのに今日は一段と寒い。風が強いせいか、外の冷気を窓が防ぎきれていないようだった。

立ち上がってキッチンへ向かい、食器棚からマグカップをふたつ出して並べた。越してきたばかりの頃、ひとりで買い物に行った時に買ったマグカップ。

「……仕事、本当に忙しくて。今までみたいに頼れる相手もいねぇし、リーダーになってからは正直めちゃくちゃ辛くて……精神的に追い込まれてた」

次の冬はこの色違いのマグカップにホットコーヒーを淹れて、ソファーに並んで座って、音楽の話をたくさんたくさんしようと思っていたっけ。

その頃にはこんな状態になっているなんて、夢にも思わずに。

「そんな時に、俺が悩んでること気付いてくれて、声かけてくれて……話聞いてくれたのが中谷だった」

私は今リビングにいないのに、顔を上げても目が合うことはないのに、郁也は俯いたままだった。

電気ケトルがカチッと音を立てたのを確認して、コーヒーの粉を入れておいたマグカップにお湯を注ぐ。

「でも浮気はしてない。あいつのことは……なんとも思っていない」

もわもわと湯気が立って、私の顔が、目が、少し熱を帯びた。

「……最初はニコニコしてるお前見ただけで疲れなんか吹っ飛んでたのに、正直……のん気だなってイラつくようになった。地元にいた頃は心に余裕があったから許せてたけど、今は……好きだったはずのところも許せなくなった」

コト、とテーブルの端と端にマグカップをふたつ置いた。

郁也は甘党だったから、学生時代は砂糖とミルクが入っていないと飲めなかったのに、いつからブラックで飲めるようになったんだっけ。

私はまだブラックコーヒーが飲めない。大人になれば当たり前に飲めるようになると思っていたのに。

マグカップを両手で持って、ふう、と息を吹きかけてから口をつけた。

「……正直、今はお前のことまで考えてる余裕ない」

私は何度もこのマグカップを使っているけれど、郁也が使ったのは何回目だろう。もしかしたら今日が初めてかもしれない。正確には、まだその〝初めて〟すら達成されていない。

俯いたままの郁也は目の前にあるマグカップを手に取ることはなかった。

夜遅くに帰ってきた郁也に、こうしてコーヒーを淹れてあげればよかった。

きっともう、そんな日はこないのに。

「……帰れって、ことだよね」

膝の上でぎゅうっと拳を握り締めた郁也は、私の質問に答えることなく、黙ったまま立ち上がって寝室へ向かった。

ひとりになったリビングには、カタカタと風が窓を揺らす音だけが響いていた。

「……ちゃんと話すって、言ったくせに」

声は郁也に届くことなく、湯気に紛れてふっと消えた。

ずるいなあ。まだ私にちゃんと言ってないことがあるでしょう。

ずるいなあ。どうして自分で言わないかな。

『帰れ』って――『別れよう』って、ハッキリ言ってくれないんだね。

モノクロの景色

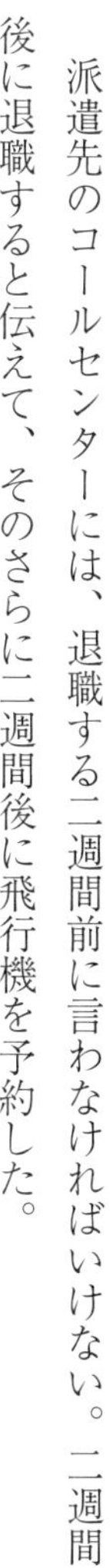

派遣先のコールセンターには、退職する二週間前に言わなければいけない。二週間後に退職すると伝えて、そのさらに二週間後に飛行機を予約した。

郁也には『一ヶ月後じゃなければ辞められない』と嘘をついた。そんな嘘をついたところで、郁也は私がいる限り、きっと家には帰ってこないのに。一緒にいられるわけじゃないのに。

郁也は私が寝てから帰ってくるようになった。正確には、私が寝たフリをする時間、だけれど。

壁側を向いて布団を肩までかける。そっと布団に入ってきた郁也の寝息が聞こえてくると、私の身体は温かい腕に包まれる。

付き合い始めた頃からずっと、郁也は寝静まると抱きついてくるのが癖だった。背中に郁也の気配と体温を感じると安心して、無意識の中でも私を求めてくれているのかと思うと嬉しくて、私もすぐに眠りにつくことができた。

それでも今は深い眠りにつくことはできず、浅い眠りにつく。そんな毎日が続いていた。

急に辞めたら迷惑をかけてしまうと言い訳をしたかったけれど、二百人もいるオペレーターの中から私ひとりが抜けたところで、きっとなんの支障もない。その証拠に、退職することを伝えても「わかったよ、あと少し一緒に頑張ろうね」と張り付いた笑顔を向けられただけで、引き留める言葉なんて一切なかった。

正社員で働いていたらもっと引き留めてもらえたのかな。ああ、もう。私はどうしていつまでもこんなことばかり考えているのだろう。

責任のある仕事をしていたとしても、どんなに引き留めてもらえたとしても、家を出なければいけないことには変わりないのに。例え追い出されなかったとしても、退職日が延びれば延びるほど、郁也の気持ちがどんどん離れていくだけなのに。

退職日の翌日、荷造りをしなければいけないのに、なぜかどうしてもそんな気分にはなれなかった。気分転換に外をブラブラしようと大通公園をひとりで歩いていた。

もう三月中旬だというのに、まだ桜の気配はない。名古屋はもうすぐ満開かな。当たり前か。まだ雪が残っているし、確か去年咲いたのは四月の終わり頃だった。

そういえば一年前に初めてきた時、『四月って冬だっけ』と笑いながら話したっけ。並んで歩いたこの並木道を通れるのも、あとたったの二週間なんだ。

せっかく越してきた憧れの地。空気は綺麗だし、ご飯もお酒もおいしいし、夏は涼しいし、ずっと住んでいたいと思っていた。

この街に残るという選択肢ももちろんあるけれど、私にはその選択はできなかった。

郁也がいるこの街に、郁也との思い出しかないこの街に、ひとりで残る勇気なんて私にはなかった。

去年は満開の桜並木道を歩くことはできなかったな。北海道は空気が澄んでいるから、桜もきっと綺麗なんだろうな。

来年は満開の桜を見に行こうって、お花見をしようって話していたっけ。

でももう、一緒に見られそうもないな。


パタンとドアが閉まる。

玄関の先に続く廊下。その先にある、リビングへと繋がっているドアを開ける瞬間が好きだった。

郁也は帰りが遅いから出迎えてくれたことはあまりないけれど、それでも郁也の気配や香りが確かにあって、私のことをふわりと包み込んでくれていた。

今はもう、郁也の気配も香りもあまりない。

当たり前だ。郁也はもうほとんどこの家にいない。寝るために帰ってくるだけ。

「自分の家なのに」

乾いた笑いが出た。

おかしな話だ。自分が転勤になって自分が選んだ自分の家なのに、自分はほとんど家にいないなんて。

部屋で撮影できるようにと2ＬＤＫのこの家を選んだはずなのに、撮影したのは何回だったんだろう。

あんなに落ち着いたはずのこの家も、今はもう落ち着かない。

南向きのベランダから見える景色も、今の私の目にモノクロに映っていた。

越してきてからしばらくした頃、向かい側にはあっという間に十階建てのマンションが建った。すぐそこが空き地になっていることなんて、あの頃の私は気付かなかった。

あの日、空は雲ひとつない晴天で、この部屋には太陽の光がこれでもかというくらい差し込んでいて。空き地があることに気付かなかったのは、あまりにも眩しすぎたせいかもしれない。もし気付いていたとしても、疑問に思うことすらなかったかもしれないけれど。

ご飯、作ろうかな。また無駄になるかな。

でも、もしもまた郁也がご飯を食べずに突然帰ってきたら困るし。

ソファーの横にバッグを置いて、キッチンにかけてあるエプロンをつけた。このエプロンも郁也が選んでくれたんだっけ。

今日はなにを作ろうかな。そういえば、こないだあれ食べたいって言ってたな。作ったら喜んでくれるかな。例えあまり食べたい気分のものじゃなくても、きっと『うまい』って完食してくれるだろうな。

そんなことを思いながらキッチンに立つ毎日だった。ほんの数ヶ月前のことなのに、今はもう遠い昔のことのように思えた。夢でも見ていたのかとさえ思う。

どんなに頑張って作ったとしても『うまい』って完食してくれることはきっともうない。私はもともと料理が得意なわけじゃないから、仕方ないけれど。

腰に手を回してエプロンのひもを結んだ。さて、と冷蔵庫を開けると、ひんやり冷たい空気が私の顔を包む。目から顎にかけて弧を描くように冷たくなって、涙が流れていることに気付いた。

「……あれ？」

どうして私、泣いてるんだろう。

その涙はとめどなく溢れてくる。何度も何度も手の甲で拭（ぬぐ）っているのに、それはエプロンに水玉模様を描いていく。

「……なん、で」

突然身体の力が抜けたみたいに膝から崩れた。止まらない涙を拭うことは諦めて、いっそ止まらないなら枯れるまで流してしまえばいいと思った。

郁也との思い出の分だけ、郁也への想いの分だけ流れるのだとしたら、しばらく枯れることはないだろうけれど。

――もう、終わりなのかな。

ずっと一緒にいられると信じていたのに、いつから違う未来を見ていたのだろう。

私が立ち止まっているうちに、どんどん溝が深まっていった。

ずっとずっと、本当は気付いていた。でも気付かないフリをするしかなかった。

だって、ふたりはもうダメなんて、そんな現実をどう受け入れろと言うの。

だから現実を見ないようにして、「まだ大丈夫」だと思える理由を無理矢理に探していた。郁也の嘘に気付きながらも、それでも、最後には私の元に帰ってきてくれることを願っていた。

バカだなあ、私は。

郁也が自分の家にいられないのは私がいるせい。そんなことはじゅうぶんすぎるほどわかっていた。

それでも自分からこの家を出ていくなんて言えなかった。

自分から『さよなら』を伝えるなんて、そんなことできるわけがなかった。

だって私、そんなに強くない。郁也と過ごしてきた時間を、これからも共に過ごすと信じていた未来を失う覚悟ができるほど、強くない。

一ヶ月先まで仕事を辞められないなんて、そんな嘘をついてどうなるっていうんだろう。ご飯を作ることよりも、笑顔で出迎えることよりも、一日でも早くこの家から出ていってあげることが、きっと今の私にできる唯一のことなのに。

荷物でもまとめようと思い立ってはみたものの、私の荷物なんて服くらいだった。実家に帰るだけだから家具なんてなにひとつ持っていく必要はない。

段ボールを組み立てて寝室のクローゼットを漁っていると、奥から紙袋が出てきた。その中には就職活動をしていた時に書いた履歴書が入っていた。

『まさか彼氏についてきたとか？　前にもそういう子いたけど、別れて辞めちゃったから。ちょっとねぇ』

そういえば、最初の面接でそんなこと言われたっけ。言われた通りになっちゃったな――。

ああもう、嫌だなあ。

こんな時、地元なら友達に連絡をして栄まで飲みに行って、愚痴をこぼして慰めてもらって、彩乃なんかが『フミくん最低！』って怒ってくれたりして。

そうしたらスッキリするのかな。そうだよね、最低だよねって、この悲しみは怒りに変わっていって、現状を受け入れられたのかな。

わからない。だってここには急に誘えるような友達も、愚痴を言える友達もいない。そんな友達がいたところで、郁也を失う覚悟ができるのかは――もっとわからない。

地元へ帰るまでの二週間、最後くらいは一緒にいてくれるかと淡い期待を抱いていたけれど、郁也は予想通りほとんど帰ってこなかった。どこにいるのか見当はついていたから連絡はしなかった。郁也から連絡がくることもなかった。

仕事を辞めて身体が疲れていないせいかよく眠れなかった。もう布団に入って目を閉じても無駄だと学んだ私は、毎日ひとりで一緒に投稿した動画を見返していた。たくさん歌ったな。郁也に初めて誘われた時、絶対に無理だと断っていたのに、いつしか楽しくなっていたな。歌うことが、どんどん好きになっていったな。

ラブソングだって歌ってきたはずなのに、今見るのは失恋ソングばかりだった。それぞれの動画には、何件かずつコメントがついていた。もし中傷コメントなんて見たら歌えなくなってしまうからちゃんと読んだことはなかったけれど、意外にも肯定的なコメントも多かった。

読み進めていくうちに、一件のコメントが目に入った。

『うまいけど、ただ歌ってるだけ。心に響かない』

心に響かない、か。

初めて見た批判的なコメントに傷つくことはなかった。

仰る通りだ。失恋ソングなのに、歌っている私の声は自分でもわかるほどどこか弾んでいる。当たり前だ。どんなに悲しい曲を歌っていても、目の前にはギターと私を交互に見ながら弾いている郁也がいたのだから。

何曲か再生していくと、下部の関連動画に『はなびら』が表示されていた。

この曲はまだ歌えないって言ったのに、郁也は承諾してくれなかったっけ。好きだった人を想っていた涙を流した曲だったのに、今はもう郁也と付き合ったキッカケの曲になっていた。

次に表示されたのは『僕の名前を』。この曲は、郁也と付き合った日に、郁也の部屋で流れていた曲。

他の曲も全部、全部、全部。なにを聴いても、思い出すのは郁也のことばかりだった。

本当だ。全部郁也に塗り替えられてる。

「……嫌だなあ、もう」

勝手に全部塗り替えたくせに、勝手に離れていかないでよ。

熱を帯びた目から涙がこぼれた。拭っても無駄だということはわかっていたから、手を動かすことはしなかった。顎に伝った涙は私の服に染みを作っていく。

こんなにも悲しい曲を、どうして平気で歌えていたのだろう。

きっと幸せな未来を想像していたからこそ歌えていた。今歌えと言われたら、とてもじゃないけど歌えない。歌い切る自信がない。

でもそのぶん、いい歌が歌えそうな気もする。

「……はは、染みるなあ」

どうしてだろう。どうしてこんなにも、私の中にある言葉にできない気持ちを代弁してくれるんだろう。

ああ、そうだったんだって気付かせてくれる。そうなんだよねって共感できる。どの曲にも、歌詞の中に、そう思えるフレーズがある。

ああ、そうか。私は今、愚痴を言いたいわけでもなく、怒ってほしいわけでもなくて。こういう風に、寄り添ってほしかったんだ。

まだ失恋したわけじゃないのに、どうしてこんなにも共感できて、こんなにもいろんな感情に気付けて、こんなにも涙が溢れてくるんだろう。

失恋ソングなのに、思い出すのは幸せだった頃のことばかり。ずっと一緒にいられると信じて疑わなかった頃。

どうしてこうなっちゃったのかな――。

言えない言葉の伝え方

荷造りはたったの数日で終わり、半分空いたクローゼットを呆然と見ていた。

寝室の隅には積み重ねられた段ボールが四箱。一年も住んだのにたったのこれだけで私がいた痕跡がなくなってしまうのだと思うと、なんだか笑えてきた。

帰省まで残り一週間になった頃、私のスマホを鳴らしたのは彩乃だった。

郁也かと期待することはもうなかった。郁也は急に帰ってくるから、事前に電話がかかってくることはもう何ヶ月もない。

ティッシュで鼻をかんで、コホンと小さく咳をした。

『もしもし、ユズ？　久しぶり』

「久しぶりだね。どうしたの？」

鼻声になってはいるけれど、電話だし、彩乃とこうして電話をするのは数ヶ月ぶりだし、なんとかごまかせるはず。

彩乃は仕事が忙しいから、あまり連絡を取っていなかった。私も——とても連絡をする気分にはなれなかった。

彩乃には今までなんでも話してきたのに。前に私が失恋した時だって、彩乃が失恋かった。

した時だって、いつもふたりで一緒に泣いたのに。そんな彩乃にさえ、なにも言えなかった。

『最近、SNSの更新も動画投稿も全然してなかったから、気になって。……なんかあった?』

ツン、と鼻の奥が痛くなった。

ああ、私、なにを考えていたんだろう。

なにかあったら必ず連絡をすると約束したのに。

例え離れていたって、会ってお酒を酌み交わさなくたって、話を聞いてくれる友達がいたのに。どんなに一人でいる時間が長くても、独りなんかじゃなかったのに。

寝室からリビングに移動してソファーに腰かけた。

こみ上げてくる嗚咽をぐっと飲みこんで、大きく深呼吸をした。

「名古屋に、帰ることになったよ。……たぶん、もう別れることになると思う」

別れる。

頭ではわかっていたはずなのに、口に出すとまた涙が溢れた。

わかっていたのに口にできなかった。こんなこと口にしたくなかった。もう少しだけ、もっともっと、郁也の彼女でいたかった。こんな状況になっても、もしかしたら戻れるんじゃないかって、時間が解決してくれるんじゃないかって思ってた。

もうダメかもしれないと口に出してしまえば、全部失くなってしまうような気がして言えなかった。口にしなくても、この現実はなにも変わらないのに。

わかっているのに、それでも。

「……ねぇ、ユズ。あたしね、別れて後悔しないことなんてないんじゃないかと思うんだ」

彩乃の声は震えていた。
ズ、と鼻をすする音がかすかに聞こえた。
「でも、自分の気持ちちゃんと言わないと、その後悔がもっと大きくなっちゃうんじゃないかと思って。だからね、自分の気持ち、ちゃんと伝えてほしい。……あたし、別れてほしくないよ」

自分の気持ち——。

こうなってから、私は一度でも自分の気持ちをちゃんと伝えただろうか。

好きだって、別れたくないって、一度でも言っただろうか。

言えるわけがなかった。郁也はもう私に気持ちがないことをわかっているのに、そんなことをして、面倒な女だって余計に嫌われるのが怖かった。

『別れたくない』なんて言ってしまえば、郁也が別れたがっていることを認めることになる。

でも彩乃の言う通りだ。自分の気持ちを伝えなければなにも伝わらない。

「……彩乃、ありがとう」

電話を切った私は、閲覧していた動画配信サイトを閉じて、郁也がいつも動画編集をしていたソフトを開いた。その下にはタイトルのないフォルダがあった。開いてみると郁也が作曲していた曲が入っていた。

動画編集なんてしたことがないし、パソコンだって得意なわけじゃない。でも郁也が編集や投稿をしているところを後ろで見ていたから、なんとなくだけど覚えてる。幸い動画編集ソフトは昔から変わっていないようだった。

私が最後に残せるものはこれしかない。

彩乃、ごめんね。せっかく言ってくれたのに、泣いてくれたのに、ごめん。

離れたくないって、別れたくないって、泣いてすがりつけたらどんなにいいだろう。もっと早くそうしていたら、もしかしたらなにか変わっていたのかもしれない。でももう遅い。私が立ち止まっている間に、もう収拾がつかなくなってしまった。今はもう、そんなことをしても、余計に郁也の気持ちが離れていくだけだってわかってる。

だから、今ここに、私の想いの全てを置いていく。

バッグに入れていたB5サイズのノートを出してパソコン台に広げた。完成目前だった歌詞を、曲を聴きながら修正していく。

歌詞、ずっと書いてたのにな。恥ずかしいけれど、見てほしかった。一番に郁也に見てほしかった。こんなことになるなら『完成するまで絶対に見せない』なんて言わなければよかったかな。

郁也はきっと、歌詞ができたと言ってももう喜んでくれない。だから離れるその日まで決して言わない。これは最後の悪あがき。いつか郁也が気付いてくれたら。郁也に届いてくれたら――。

郁也のカメラで撮影しようかと思ったけれど、機械音痴の私は使い方がよくわからないから、スマホを固定して録画を開始した。パソコンに入っている音源をボリュームを上げて再生し、先ほど完成した歌詞を歌った。作曲は完成していないようだから、最後まで歌いきることはできないけれど。

何度も撮り直しながらなんとか録画を終えて、何日もかけて動画編集を終えた。

郁也みたいに凝った編集はできない。ただ歌っている動画に歌詞のテロップを入れただけ。音量の調整の仕方もわからないから、確認のために再生したそれは素人丸出しの、郁也からは絶対に投稿の許可がおりないような動画だった。

それを、この家を出ていく日の夕方に投稿予約をした。

『いつかふたりで作った曲を投稿しよう』

ふたりで約束した夢を、ひとりで叶えることになるなんて。

朝方まで作業をして、起きたのは昼前だった。

郁也は帰ってきていない。もう何日会っていないのかな。私が出ていく日まで――

明日まで帰ってこないつもりだろうか。

スマホのメッセージアプリを開くと、郁也の履歴はずいぶんと下になっていた。

《最後の日は一緒にいたい》

返信がこないまま時間だけが過ぎていく。

このまま帰ってこなかったら、いい加減諦めがつくのだろうか。そう思っていた私の耳に玄関の鍵が開く音が届いたのは、二十時を過ぎた頃だった。

リビングのドアが開く。姿を現した郁也は、コートとジャケットを左手に持ち、右手でネクタイを緩めている。

「……おかえり」

なぜかソファーから立ち上がってしまった私は、座り直すことも、郁也に駆け寄ることもできなくて。

ソファーに近付いてきた郁也は、左手に持っているそれをソファーの背もたれにかけることなく私に差し出した。反射的に受け取ると、小さく微笑んで私の頭にポンと手を乗せた。

「ただいま」

こんなの何ヶ月ぶりだろう。笑ってくれたの、いつ以来だろう。

当たり前に見ていたはずの笑顔も、名古屋時代からのルーティンも、私の涙腺をひどく刺激した。それをぐっと飲みこんで、目を細めて口角を上げた。

「ご飯食べる？　残りものしかないけど」

「食う食う。腹減った」

冷凍庫におかずは山ほどあるけれど、もうずっと買い物に行っていないから、お味噌汁とサラダを作れるような食材がない。冷蔵庫にはお酒の缶だけはたくさん入っていた。

「ねぇ、お酒飲む？」

「飲む飲む。喉乾いた」

答えた郁也の目線は、テレビではなく私に向けられていた。

お互いの目を見て話をする。そんな当たり前のことを、もうずっとできていなかったのだと気付いた。

私たちはお酒を飲む時はあまりご飯を食べない。冷凍のおかずをいくつかチンすれば、おつまみはじゅうぶんに足りるはず。

いくつかのおかずを取り出して、温めてお皿に移して、それらと缶ビール二本をテーブルに置いた。

「いただきます」

目尻を下げて両手を合わせた。

並んでいるおつまみを次々に口へ運び、ゴクゴクとビールを流し込む。

『うまそう』とも『うまい』とも言ってくれなかったけれど、今日は残りものを温めただけだから。食べてくれるだけで、じゅうぶんだから。

テレビを観ながら笑っている郁也を横目に、私もビールに口をつけた。郁也は時折私に話しかけて、私もそれに答えた。それはとても和やかな時間だった。

同じ時間に一緒に布団に入り、おやすみと言い合って、背中を合わせて目を閉じた。

たったの数分後に寝息が聞こえ始めると、しばらくして寝返りを打った郁也は、後ろから私の肩に腕を回した。背中から郁也の体温が伝わってくる。

ああもう、ずるいなあ。

もっと帰ってきてほしいって言ったら怒ったくせに、どうして今日は帰ってくるの。

どうして私が作った料理を食べるの。どうして笑うの。

どうして、私を抱き締めるの。

胸元にある郁也の手を、そっと握った。

大きな手。長い指。綺麗な手なのに、指先は硬くて。

最後なんだね――。

フミに触れられるの、もう本当に最後なんだね。

ずっと胸の奥にしまっていた想いがこみ上げる。じわりと瞳を濡らした涙はそこに留まってはくれなくて、こぼれたそれは枕を濡らしていく。

名古屋に帰ると決めた日から毎日泣いているのに、涙が枯れることはなかった。いったいどれだけ涙を流せば枯れるのだろう。涙と一緒に郁也への想いもどこかへ流れていってくれたらいいのに、泣けば泣くほど想いが強くなっていく気がするのはどうしてだろう。

郁也といる時は絶対に泣かないと決めていたのに、次々と溢れてくる涙は止まってくれない。

嗚咽が漏れないよう顔を枕に埋めて、震える身体を丸めて、両手で必死におさえた。意思に反して勝手に身体が動いてしまうそれをなんと呼ぶのか、私はもうじゅうぶんすぎるほど知っていた。

——好きだから。

郁也のことが好きだから。出会った頃よりも、好きだと気付いた日よりも、もっともっと、どうしようもなく好きだから。

ねぇ、ｂａｃｋ ｎｕｍｂｅｒの曲、まだ半分くらいしか撮ってないよ。全曲制覇するんじゃなかったの？

新曲だって、これから歌っていきたかった。郁也のギターの音に乗せて、郁也の隣で。まだ函館も知床も行ってないよ。北海道だけじゃない、他にも行きたいところ、まだまだたくさんあるよ。

どこへ転勤になってもいいよ。隣に郁也がいてくれるのなら、場所なんてどこでも構わない。

約束したじゃん。結婚しようって、ベタだけど幸せな家庭を作ろうって、ずっと一緒にいようって、約束したじゃん。

離れたくない。別れたくない。ずっと一緒にいたい。

これからもずっと、幸せを育んでいきたい。郁也の笑顔を見て、私も隣で笑っていたい。

どうして私じゃダメだったの？　あんなに一緒にいたのに。

なにか言えばよかったのかな。考えてばかりいないで、思ったことをそのまま伝えたら良かったのかな。

仕事大変だよね、辛いよね、愚痴でもなんでも聞くよって、私にできることがあればなんでも言ってねって、『私は絶対にフミの味方だよ』って――例えどんなに陳腐な台詞になったとしても、なにか言えばよかったのかな。

初めて飲み会に行ったあの日、好きにしていいよ、自由にしようなんて言わなければばよかったのかな。

ひとりで家にいるのは寂しいって、もっと早く言えばよかったのかな。

全て伝えることができたなら、目の前で泣くことができたなら、少しはスッキリするのかな。

出会ってからの四年間はなんだったのって、結婚なんて言葉を軽く口にするなって、北海道までついてきたのにふざけるなって、全部塗り替えたくせに勝手にいなくなろうとするなって言ったら、少しは郁也のことを嫌いになれるのかな。

思いっきり文句を言って『最低』って罵ったら、少しは郁也のことを許せるのかな。

背中に郁也の体温を感じながら、声を押し殺して、明け方まで泣き続けた。

君と私の最後の嘘

「おはよ。早起きだな」

寝室から出てきた郁也が、大きなあくびをしながら言った。

「荷物全部まとめたか確認しないと」

本当は眠れなかっただけなんだけど。

止まってくれなかった涙と寝不足のせいで目が腫(は)れていたから、郁也が起きないようそっと部屋を出て冷やしていた。

「そう、だな」

小さく言って、窓の外を見た。

つられて私も目を向けると、ずっとモノクロだったはずの景色は太陽によって明るく照らされていた。

今日は四月中旬並みの気温だと、さっきのニュースで言っていた。

それでも桜が開花することはないだろうけれど。

「……今日は予定入れてないから、空港まで送ってく」

私の方を見ずに言って、着替えを持って洗面台の方へ行った。

ずるいなあ。

玄関でバイバイしてくれたら、背中を向けたままリビングにいてくれたら、ヘッドホンをつけてエレキギターを弾いてくれていたら、少しは嫌いになれるかもしれないのに。最後の最後まで悪者になりきれないところが郁也らしいけれど。

もう段ボールは送ったから、手荷物はキャリーバッグひとつだけ。

北海道へきた日もそうだったっけ。

去年の今頃は、寒い寒いと肩をすくめていた。

あの日より気温は遥かに高いはずなのに、どうして今の方が寒く感じるのだろう。

キャリーバッグをトランクに積んで助手席に乗った。

郁也の車に乗るのはあの日以来だ。

車内の香りに懐かしさを感じたけれど、座ってみると次は違和感があって、もう私の場所じゃないのだと思い知らされた。

背もたれの角度が、少し違うだけなのに。


空港に着くまで約一時間。車内に流れていたのは、最近よくテレビに出ている新人アーティストのデビュー曲だった。郁也は今このアーティストが好きなのだろうか。

私はテレビで聴いたことがある程度であまり知らない。

寂しい気持ちがないと言えば嘘になるけれど、同時に少し安心もした。今かかっているのがｂａｃｋ ｎｕｍｂｅｒの曲だったら、私はきっと、ギリギリのラインでおさえている涙をこぼしてしまうと思うから。

郁也はよく喋って、よく笑っていた。だから私も、たくさん喋ってたくさん笑った。

昨日と今日の私たちは、幸せだった頃の私たちのようだと思う。ずっとずっと戻りたいと願っていた〝あの頃〟の私たちのようだと思う。

けれど、目尻を下げて笑っている郁也の顔はとてもぎこちないもので、私自身も心から笑えているとは言えなかった。今この瞬間を笑って過ごさなければ絶対に後悔すると思ったから、必死に笑顔を作っていた。

郁也はもう、私の大好きな笑顔を見せてはくれない。私ももう、郁也が好きだと言ってくれた笑顔を見せることができない。もうあの頃の私たちには戻れないのだと確信していた。

全部全部、わかっていた。郁也の嘘に気付いていた。

未来を示す言葉をくれていたのは、単なるご機嫌とり。「次はなに歌う？」と言えば私が笑うと思ったんだよね。

もう私のためにギターを弾いてくれることはないんだよね。もう私とふたりで動画投稿をするつもりもなかったんだよね。単に、気まずいその瞬間を回避（かいひ）するための嘘。

寝静まったら抱きついてくる癖も嘘。本当は起きてたんだよね。『ごめん』が言えない郁也の、不器用な『ごめん』だったんだよね。

昨日だって――本当は起きてたんだよね。

泣き続けていた私を抱き締めていた郁也の腕に一瞬だけ力がこもったことも、私は気付いていた。


空港まで送ってくれるだけだと思っていたら、郁也は駐車場に車を停めて私の荷物をおろした。中まで送る、と小さく言って歩き出す。

チケットを発券して、荷物を預けて。車できたおかげで飛行機の搭乗時刻まではかなり余裕ができていた。けれど私は、郁也に時間を聞かれた時、「ちょっとギリギリかも」と嘘をついた。

急ぐフリをして手荷物検査場の前に着くと、郁也は空いた左手で私の右手を握った。

「……ごめんなさい!!」

郁也は繋いだ手をぎゅっと握って、ぎゅっと目を閉じて、そう言った。

「……フミ?」

「……ごめんなさい」

「……うん」

「ごめん……ごめんな」

初めて聞いた郁也の『ごめん』は、ひどくかすれていた。

ゆっくりと目を開けて、ゆっくりと私を見る。

「……自分勝手なことばっかりして、振り回して本当にごめん」

「……ん」

「また会えるから、それまで頑張ろうな」

郁也は目尻を下げて小さく微笑んだ。

ああもう、ずるいなあ。

ずっと聞きたかった『ごめん』を、どうしてここで言うかな。どうして今さら『また』なんて言うかな。ちゃんと最後まで悪者になりきってよ。

名古屋に帰ったらすぐに彩乃に連絡をして、栄まで飲みに行って、郁也の愚痴を散々言って、朝までカラオケでｂａｃｋ ｎｕｍｂｅｒの曲を歌いながら思いっきり泣いて、郁也のことなんかさっさと忘れてやろうと思っていたのに。

今日は絶対に泣かないと決めていたのに、胸の奥から嗚咽がこみ上げて、視界がじわりと歪んだ。

下を向いて、こみ上げてくるそれをぐっと飲み込んだ。

やっぱり私が好きだって思ってくれた?

違うよね。ただ離れるこの瞬間が寂しいだけだよね。

バカだなあ。嘘、下手だなあ。〝また〟なんて、ないくせに……。

——中谷さんのこと、好きなんでしょ？


きっともう、ふたりの気持ちは通じ合ってるんだよね。きっと初めて門限を破ったあの日、彼女となにかあったんだよね。郁也が一番辛かった時に支えていたのは、私じゃなくて彼女だったんだよね。

わかってた。浮気なら許そうと思っていたのは、単なる浮気じゃないと気付いていたから。郁也が浮気なんてできないことは私が一番よくわかってる。

浮気じゃなかったんだよね。中谷さんのこと、本気で好きになっちゃったんだよね。なんでかなあ。斉藤さんみたいに敵意剥き出しにしてくれたら、私も太刀打ちできたのに。全然違うじゃん。純粋に郁也のことが好きなんだろうなって——ひと目見ただけでわかるじゃん。

私、けっこうひどいことされたよね。郁也、けっこう最低だったよね。

今だってそう。郁也の勝手な事情で私は帰らされるわけで。

言いたいこと、たくさんあったのに。最後の最後に全部吐き出してやろうかと思っていたのに。

どうしてだろう。今私の中に溢れてくる言葉は、そんなものじゃなくて。

どうして、どうしても憎むことができないのだろう。

どうしてこんな時まで、郁也の笑顔を見て心が満たされているのだろう。

どうして私は、郁也の笑顔を見ただけで、心にかかっている靄が晴れてしまうのだろう。

どうして——出会った頃からずっと変わらない想いだけ、こんなにも溢れてくるのだろう。


ねぇ、フミ。

好きだよ。大好き。


自然と頬が緩むのを感じた。作り物の笑顔なんかじゃなかった。

ああ、そうか。笑い方を忘れたのかと思っていたけれど、こんなにも簡単なことだったんだ。郁也との四年間を思い出すだけで、郁也を想うだけで、笑顔を取り戻すことができるんだ。

「あのね、フミ」

右手をぎゅっと握り締めて、郁也の目を真っ直ぐ見た。

「今までありがとう。楽しかったよ」

――わかってた。

郁也は私に直接『別れよう』なんて言えない。

私のことをまだ少しは好きでいてくれているから――なんて思えたら綺麗に締めくくることもできるけれど、きっとそうじゃない。

四年間も一緒にいたのに、結婚の約束をしてついてきたのに、そんな私に面と向かって『帰れ』も『別れよう』も言えなかったんだよね。悪者になりきれないんだよね。

「……ユズ？」

これから私が言おうとしていることに気付いた郁也は、震える声で私の名前を呼んだ。大きく見開いた目にはじわじわと涙が浮かんで、赤く染まっていく。もう一度小さく「ユズ」と震えた口から、音が鳴ることはなかった。

ずるいなあ。私はこんなにも堪えているのに、どうして郁也が泣きそうな顔をしているの。どんなに振り回されても怒らなかった私が、自分から別れを告げるなんて思ってなかった？

バカだなあ、郁也は。

でも……やっぱり、どうしても好きだなあ。

「〝また〟とか、もうないよ。こんな状況で、あんな態度取られて、冷めるに決まってるじゃん」

どうして今、こんなことを考えているのだろう。

今浮かんでいる疑問は〝好きだから〟だけじゃクリアにならない気がした。〝好き〟だけじゃ足りなかった。

もっともっと大きくて、けれどとても優しく、とても穏やかな想い。

——愛してる。

ふいに浮かんだその言葉は私の中にすうっと溶け込んだ。

恋と愛の違いなんてわからない。けれど今、確かに彼を愛してると思った。

そんな大切なことに今さら気付くなんて、私もバカだなあ……。

「私、もうフミのこと好きじゃないから」

君がついた最後の嘘に気付かないフリをして、最後に私も嘘をつく。

本当のことを伝えてしまえば、君の前で泣いてしまうから。

大好きだった、幸せだったと思えるうちに、君が私の笑顔を覚えてくれているうちに、君が好きだと言ってくれた私のままで——さよならをしたいから。

君の記憶の中の私は、いつも笑っていてほしかった。だからどんな状況になっても、それがどんなにぎこちないものだったとしても、君の前では笑っていたかった。

「別れよう。……バイバイ、フミ」

小さく震えている彼に背中を向けて歩き出した。

手荷物検査場を越えても決して振り返らなかった。

飛行機の座席に腰かけて、きっと見るのは最後になる雪景色を目に焼き付けた。

窓の外を見ながら、両手で口をおさえた。

「————……っ」

泣くのは今日で最後にしよう。だから今は、涙を堪えることも拭うこともせずに、自然と止まるまで流してしまおう。

そして、この涙が枯れたら、前を向いて歩いていこう。


最後の言葉は、ちゃんと笑って言えたかな。

最後の笑顔は、君の中に残ってくれるかな。

私の想いは、君に届いたかな。

本当はね、私の笑顔を思い出して、あいついつも笑ってたなって思ってくれたらいいな、とか。

いい女だったなって思ってくれたらいいな、とか。

動画を観て、私と過ごした日々を思い出して、楽しかったなって思ってくれたらいいな、とか。

そんな未練がましい気持ちがないと言えば嘘になるし、私が投稿した動画を彼女と一緒に観ちゃったりして、ちょっと喧嘩になっちゃえばいい、とかも正直思うよ。

心から君の幸せだけを願えるほど、私強くなんてないよ。

――でもね。

どんなに喧嘩しても、この先どんなに辛いことがあっても、最後にはまた笑ってくれたらいいなって思うよ。

思い返してみたら、君といる時、私はいつも笑っていた。

喧嘩しても最後には笑っていて、喧嘩さえも幸せな記憶に変わっていた。

君と一緒にいられることが幸せでしかないって、何度も何度も思った。

きっとたくさん間違えたけれど、私なりに頑張った。

君に一生懸命に恋をしたことだけは、間違いなんかじゃなかった。

どんな結末を迎えたとしても、幸せだった頃のふたりは嘘なんかじゃなかった。

君と過ごした時間を否定したくない。なかったことには絶対にしたくない。

君と過ごした四年間は、それほど幸せなものだったから。

その幸せをくれたのは、他の誰でもなく、君だったから。

どんなに大切な人を失っても、またこんなにも人を好きになれることがわかったから、もう〝恋愛はこりごり〟なんて悲観的になったりしないよ。

何年かかるかわからないけれど、きっとまた、心から人を好きになれると思うから。
だから、私は大丈夫。
最後にひとつだけ、言えなかった言葉を置いていくね。

愛してる。
だから、さようなら。

END

あとがき

この度は、数ある書籍の中から『君にさよならを告げたとき、愛してると思った。』を手に取ってくださりありがとうございます。

長らく小説を書いていなかったので、本作は約八年ぶりの新作になります。

前作やサイトでは「なあ」として活動していましたが、本作を執筆するにあたり、心機一転の意味も込めてフルネームになりました。はじめましての方もお久しぶりの方も、どうぞよろしくお願いいたします。


この物語は、私の経験を元に書かせていただきました。

運命的な出会いでもなければ奇跡を感じる瞬間もない、普通に出会って普通に恋をして普通にすれ違って普通に別れる、そんなごくごく普通の物語です。

平凡な毎日の中で少しずつ愛を育んで、お互いの未来にお互いがいることを信じて疑わなかったふたりでしたが、些細なキッカケで始まった小さなすれ違いは修復するどころか溝がどんどん深まり、結局、いとも簡単に壊れてしまった。

書いていく中で、こんな普通の話でいいのか？　こんなラストでいいのか？と思うこともありました。経験を元にしているとはいえ、あくまでも『物語』なので、もちろんハッピーエンドにすることだってできたわけで。

『フミは辛い時に支えてくれた中谷さんに惹かれるけれど、四年間を共に過ごしてきたユズの大切さに気付いてハッピーエンド』。

こっちの方が小説として綺麗にまとまるだろうなあと思ったりしたのですが、恋愛ってそんなものだよな、とも思いました。とても脆く儚いもの。

最愛の人とずっとお互いを想い合って、どんな困難も共に乗り越えていけたらいいけれど、なかなかそうもいかないのが現実で。

そんな、よくある普通の、うまくいかずに壊れてしまった恋愛話だからこそ、失恋をした経験のある方に共感していただける部分があったり、今まさにユズのような思いをされている方に少しでも寄り添えるような物語になってくれたらいいなあという気持ちを込めて書き上げました。

そして、最後のユズの言葉に込めた思いが少しでも届いてくれたのなら、ほんの少しでも前向きな気持ちになってくれたのなら、とても嬉しいです。

最後に、この場をお借りして、感謝の気持ちを伝えさせてください。

本作の出版に携わってくださった皆様。

温かく切なく美しいイラストで本作を包みこんでくださったｗａｃｃａ様。
小説が書きたいと言った私を応援してくれた最愛の家族。
当時、ブログを通して私のことを支えてくださった読者様。
そして、この本に出会ってくださった読者様。
本当にありがとうございました。

この本に関わってくださった全ての方に、大きな感謝と愛を込めて。

二〇二一年七月二十五日　小桜菜々

小桜菜々先生への
ファンレター宛先

〒104-0031東京都中央区京橋1-3-1
八重洲口大栄ビル7F
スターツ出版(株)書籍編集部気付
小桜菜々 先生

君にさよならを告げたとき、愛してると思った。

2021年7月25日初版第1刷発行

著　者　小桜菜々

©Nana Kozakura 2021

発行人　菊地修一

DTP　久保田祐子

編　集　黒田麻希

編集協力　ミケハラ編集室

発行所　スターツ出版株式会社
〒104-0031東京都中央区京橋1-3-1
八重洲口大栄ビル7F
出版マーケティンググループ
TEL03-6202-0386（注文に関するお問い合わせ）
https://starts-pub.jp/

印刷所　共同印刷株式会社

ISBN　978-4-8137-9091-4　C0095

この物語はフィクションです。
実在の人物、団体等とは一切関係がありません。

※乱丁・落丁などの不良品はお取替えいたします。
　出版マーケティンググループまでお問合せください。
※本書を無断で複写することは、著作権法により禁じられています。
※定価はカバーに記載されています。

叶わなかった恋にも、
きっと、意味はあったんだ。

またね。
matane
mou aenakutemo, kimitono koiwo wasurenai
もう会えなくても、
君との恋を忘れない

なあ／著
定価：1320円（本体1200円＋税10%）

中３の菜摘は、友達に誘われて行った高校の体験入学で先輩の大輔に一目惚れ。その高校に行くことを決意する。いつしかふたりは仲よくなり、“またね”はふたりの合言葉になった。ずっと一緒にいられると思っていた菜摘だけど、大輔に彼女ができて──。切ない恋の実話に涙が止まらない！

ISBN：978-4-8137-9016-7

スターツ出版人気の単行本！

『青春ゲシュタルト崩壊』

丸井とまと・著

周囲の顔色をうかがって“いい子”の仮面を貼り付けている朝葉。部活での出来事をきっかけに、自分の顔だけが見えなくなる「青年期失顔症」を発症してしまう。絶望のなか、手を差し伸べてくれたのはクラスメイトの金髪男子・朝比奈だった。多感な10代をリアルに描く野いちご大賞受賞作品。

ISBN978-4-8137-9087-7　定価：1320円（本体1200円＋税10％）

『半透明のラブレター』

春田モカ・著

休み時間はおろか、授業中も寝ているのに頭脳明晰という天才・日向に、高校生のサエは淡い憧れを抱いていた。ふとしたことで日向と親しくなり、「人の心が読める」と衝撃的な告白を受ける。戸惑いつつも、彼と共に歩き出そうとするが、その先には、切なくて儚くて、想像を遥かに超えた“ある運命”が待ち受けていた…。

ISBN978-4-8137-9076-1　定価：1320円（本体1200円＋税10％）

『永遠なんてない世界でも、明日の君に会いたい。』

夜野せせり・著

ある日、公園でフルートの練習をしていた双葉は、優しい光を放つ男の子・海斗と出会う。高校の入学式で再会し、双葉は海斗が病の克服の途上だと知る。最初はぎこちない距離感だったけれど、お互いのことが気になりはじめ…。不安や喪失感を抱えながらも懸命に生きてゆくふたりの、切なく甘い物語。

ISBN978-4-8137-9071-6　定価：1320円（本体1200円＋税10％）

『眠れない夜は、きみの声が聴きたくて』

永良サチ・著

どこにも自分の居場所はないと感じている高２の響。そんなある日、二年七カ月ぶり電話をしてきたのは、かつてお互い想い合い、大切な時間を過ごした相手・旭だった。十四歳のころのお互いしか知らず、もどかしさがありつつも、ふたりの時計の針が再び動き出し……。しかし、旭には命に関わる重大な秘密が隠されていた……。

ISBN978-4-8137-9068-6　定価：1320円（本体1200円＋税10％）

書店店頭にご希望の本がない場合は、書店にてご注文いただけます。

スターツ出版人気の単行本！

『君がひとりで泣いた夜を、僕は全部抱きしめる。』

ユニモン・著

母子家庭で病気がちな弟を支える高２の真菜は、周囲に心を開けずにいた。そんな中、同じクラスの謎めいたイケメンの桜人や、入部した文芸部の友人と交流を深め、真菜は明るくなっていく。桜人も文芸部なのを知って２人は惹かれ合うけど、桜人には真菜を好きになってはいけない理由があって…。

ISBN978-4-8137-9061-7　定価：1320円（本体1200円＋税10％）

『一生に一度の「好き」を、全部きみに。』

miNato（ミナト）・著

心臓病を患う葵は、ドナーが見つからなければ余命５年と知る。絶望の中、葵を勇気づけたのはライブハウスで歌うボーカル・咲の力強い歌声だった。クールで不愛想だけど本当は優しい咲。不安を抱えながらも明るくふるまう葵。ふたりは惹かれ合い、付き合うことに。ところが、葵の病状は悪化し…。一途な想いが奇跡を呼ぶ。

ISBN978-4-8137-9062-4　定価：1320円（本体1200円＋税10％）

『キミがくれた奇跡を、ずっとずっと忘れない。』

朝比奈希夜（あさひなきよ）・著

甲子園を夢見て、高校野球部のマネージャーになった高１の莉奈。クラスメイトで野球部でもエースの中江は女子にモテるけど、莉奈をいつもからかってくるケンカ友達。ある日、密かにあこがれていた先輩に失恋してショックをうける莉奈。中江は、「お前を甲子園につれていく。そのときはお前を俺のものにする」と宣言して…。

ISBN978-4-8137-9058-7　定価：1320円（本体1200円＋税10％）

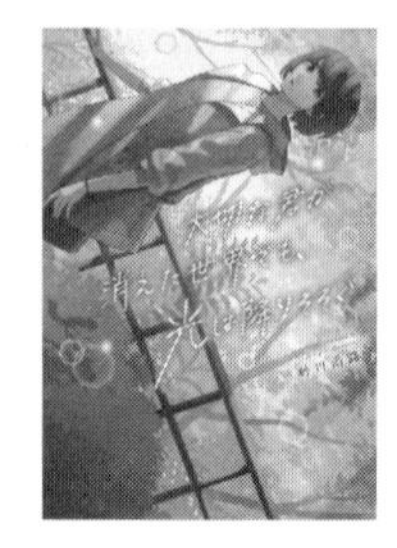

『大切な君が消えた世界でも、光は降りそそぐ』

砂川雨路（すながわあめみち）・著

母親や周囲とうまくいかず、息苦しい毎日を送る高３の真香。そんな真香の唯一の救いで片想いの相手は、従兄で警察官の迅。その後、迅は勤務中に行方不明となる。ところが、落ち込む真香の前に“何か違う”迅が現れ、高校最後の夏を一緒に過ごすことに。だけど、迅の体は徐々に見えなくなっていき…。

ISBN978-4-8137-9055-6　定価：1320円（本体1200円＋税10％）

書店店頭にご希望の本がない場合は、書店にてご注文いただけます。

スターツ出版人気の単行本！

『365日、君をずっと想うから。』

SELEN・著

桜の木の下で昼寝をしていた花が目覚めると、なんと膝の上に見知らぬイケメン・蓮が寝ていた。そして、彼に弱みを握られ、言いなりになることを約束させられてしまう。さらに、「俺、未来から来たんだよ」と信じられないことを告げられて…。意地悪だけど優しい蓮に惹かれる花。でも、彼の命令には切ない秘密があった——。

ISBN978-4-8137-9056-3　定価：1320円（本体1200円+税10％）

『何度忘れても、きみの春はここにある。』

春田モカ・著

友達とうまくいかず、高校生活を空気のように過ごすと決心していた琴音。そんな時、校内イチモテて有名な瀬名先輩に目をつけられ、「忘れたくない思い出、作ってよ」と強引にお願いされる。彼は、大切な記憶だけ保つことができない記憶障害をもっていた…。特別になるほど忘れてしまう——切なく苦しく甘い、60日間の思い出作り。

ISBN978-4-8137-9052-5　定価：1320円（本体1200円+税10％）

『あの夏の日、私は君になりたかった。』

いぬじゅん・著

退屈な毎日を送っていた亜弥は、酔っ払いにからまれているところを、カフェでバイトしている高校生のリョウに助けてもらう。第一印象は苦手だったけど、夢に向かう彼に惹かれていく。「もう悩んだりするな。俺がいるから」と言うリョウに、亜弥の心も動かされていって…。日常が特別に変わっていく、希望の物語。

ISBN978-4-8137-9050-1　定価：1320円（本体1200円+税10％）

『16歳、きみと一生に一度の恋をする。』

永良サチ・著

高１の汐里は父と離婚してから忙しく働く母を支えるため、バイトに明け暮れる日々を送っていた。そんなある日、クールに見えて実は優しい同級生・晃と仲良くなる。彼は、辛いことがあると爪を噛む汐里の親指に「絆創膏がわり」と言い、スマイルマークを描いてくれた。でも、実は晃が汐里の父の再婚相手の息子だとわかり…？

ISBN978-4-8137-9048-8　定価：1320円（本体1200円+税10％）

書店店頭にご希望の本がない場合は、書店にてご注文いただけます。

スターツ出版人気の単行本！

『この星を見上げたら、僕はキミの幸せを願う』

月森（つきもり）みるく・著

母親を亡くした高校生の結月は、父の再婚相手の家族と馴染めず、切なさと孤独を感じていた。 そんな孤独を紛らわすために、真夜中とある公園にたどり着くが、そこには、なぜかひとり星を見上げる男子・リツがいて…。リツが本当に叶えたい願いとは…？ 10代の切ない葛藤がヒリヒリと迫る、感動の青春恋愛小説！

ISBN978-4-8137-9049-5　定価：1320円（本体1200円＋税10％）

『この空の下、きみに永遠の「好き」を伝えよう。』

miNato（ミナト）・著

ひまりは、同じ通学バスのイケメン・晴臣が好き。遠い存在だと思っていたけど、実は彼もひまりが好きで、付き合うことに！　クールに見えて、直球で「好き」と伝えてくれる晴臣にひまりはドキドキ。でも幸せいっぱいの中、ひまりが余命わずかだとわかり…。最後まで一途に想い合う二人に感涙!!

ISBN978-4-8137-9045-7　定価：1320円（本体1200円＋税10％）

『それでも僕が憶えているから』

梅崎十和（うめさきとわ）・著

人気者の蒼と友達になった真緒。ある日、冷たく別人のような、蒼の中の人格「ホタル」に出逢う。傍若無人で自分勝手なホタルに振り回されるが、彼の苦しい本心を知り興味をもつようになる真緒。一方ホタルも、傷ついてもひたむきな真緒に惹かれていく。ふたりの絆は深くなっていくけれど、「ホタル」との別れが近づいて…。

ISBN978-4-8137-9043-3　定価：1320円（本体1200円＋税10％）

『放課後図書室』

麻沢 奏（あさざわ かな）・著

高２の果歩は、クールでつかみどころのない早瀬と図書委員をやることになった。実は、ふたりは同じ中学で、“付き合って”いた関係。でも、それは噂だけ。本当は喋ったことすらなくて…。図書室で、そんな早瀬とふたりきり。最初はぎこちなかったけれど、ふたりの距離は少しずつ縮まり…？　じれ甘な放課後ラブに胸キュン！

ISBN978-4-8137-9044-0　定価：1320円（本体1200円＋税10％）

書店店頭にご希望の本がない場合は、書店にてご注文いただけます。